고도경보

고도경보

ALTITUDE ALERT

김헌일 항공소설집

산지니

차 례

지상의 낙원,
오로에 오신 것을
환영합니다

고도가 이만 삼천 피트에 이르자 기장(機長) 다차인은 기체를 자동조종장치로 전환했다. 항공기 아래엔 암회색 비구름이 그득했지만 그 위로 펼쳐진 하늘은 티 없이 맑고 찬란했다. 마치 천국과 지옥의 경계를 날고 있는 듯한 기분이었다.

"기장님, 걱정이 있으신 것 같네요."

부기장 타닌이 계기판을 손으로 닦아내며 말했다. 계기판에 무엇이 묻은 것은 아니었지만 닦고 또 닦아내고 있는 행동은 긴장된 그의 속내를 잘 드러내주었다.

"내 딸이 몹시 아프네. 벌써 일주일째야. 이름이 티티야인데, 이제 겨우 다섯 살이지. 아침에 집을 나오는데, 아빠 가지 말라고 매달리는 바람에 혼이 났네. 억지로 떼어놓고 집을 나왔는데 그게 마음이 쓰여."

"사모님이 계시잖아요. 아주 미인이라고 들었습니다만."

"미인이면 뭘 하나. 그 사람은 떠났네. 일주일이 넘었어. 그 사람 떠나고 나서 아이가 아프기 시작한 거야."

그때 여승무원 하나가 커피잔을 받쳐 들고 조종실에 들어섰다. 다차인은 여승무원에게 가벼운 인사를 건넸다. 향긋한 커피향이 이륙을 하느라 쌓였던 긴장을 한결 풀어주었다. 하지만 찻잔을 받아 쥔 타닌은 마실 생각도 하지 않고 멍하니 다차인을 바라보고만 있었다.

"왜, 놀랐나? 행복하지 않으면 이혼할 수밖에 없는 거야. 따지고 보면 조종사와 결혼을 한 여자들은 불행하네. 늘 함께 지내다가 어쩌다 떠나보내는 게 보통의 인생인데, 우리처럼 늘 헤어져 사는 게 좋을 리가 있겠나. 그건 고문일세. 어느 날 마누라가 이젠 당신 짐 싸주는 데 지쳤다고 말하면서 펑펑 울더군. 그리고 집을 나갔어. 아내는 헤어지지 않아도 좋을 남자를 찾아 가버린 거지. 그런데 자네, 결혼했나?"

그는 부기장을 바라보며 말했다. 부기장 타닌은 이제 삼십 중반의 젊은 사내였다. 옅은 커피색 피부에 유난히 맑은 눈망울이 총명해 보였다.

"아직 못했습니다."

"왜, 스타 에어라인 조종사가 그렇게도 인기가 없던가?"

"좋아하는 여자는 있습니다. 하지만 아직 결혼을 생각할 여유가 없었습니다. 비행학교를 졸업한 후에도 훈련받느라고 겨를

이 없었거든요."

"가급적이면 결혼하지 말게. 언제나 애인처럼 그렇게 지내. 떨어져 있다가 보고 싶을 때마다 만나고 하는 게 사랑을 오래 간직할 수 있는 방법일지도 몰라."

타닌이 뜨악한 눈초리로 다차인을 바라보았다.

"서운한가? 그렇겠지. 하지만 어쩔 수가 없어. 결혼을 해도 변할 것은 없어. 우리는 이 한 평 남짓한 조종실에 갇혀서, 이 깨알 같은 계기(計器)들과 더불어 평생을 떠돌기 마련이야. 짐 가방과 냄새나는 호텔방과 입에 맞지 않는 타국의 음식들. 그게 우리들의 삶이야. 우린 그렇다 해도 집에 혼자 남은 여자들은 어떻겠나?"

밤을 새워 해명(海鳴)이 울리더니 새벽부터 비가 쏟아지기 시작하였다. 기상청에서는 카울라 해(海) 일원에 폭풍주의보를 발령하였고, 강우량 300밀리미터에 순간최대풍속 35노트의 강풍을 예보하였다.

오리엔탈 스타 항공의 운항사(運航士) 안토니오 파본은 초조한 마음으로 비행기로부터 무전을 기다리고 있었다. 항공기에선 아직 연락이 없었다. 그는 욱시근거리는 관자놀이를 손가락으로 찍어 누르며 창가로 걸어갔다. 활주로 건너편 숲에선 야자나무들이 북쪽 하늘을 향하여 일제히 허리를 숙인 채 허우적거리고 있었다. 그 모양은 일시에 몸을 조아려 기도를 하고 있는 이슬람 교도들을 연상케 하였다. 하수구를 미처 빠져나가지 못한 빗물이 계류장 위로 거대한 수면을 이루며 질펀하게 고여 있었다. 그 위로 타브라 산의 검은 자취가 유령의 망토자락처럼 펼쳐져 있었다.

짜륵 짜륵 짜르륵—. 텔레타이프는 시시각각으로 변하고 있는 기상 정보를 숨 가쁜 기세로 쏟아내었다. 남태평양에 자리 잡은 저기압대가 여기 필리핀 쪽으로 몰려오고 있었고, 그 영향이 오키나와와 타이완에까지 미치고 있었다. 웨스턴 항공과 퍼시픽 항공은 결항되었고, 홍콩발 피닉스 항공은 24시간 지연이 결정되었다. 아직 나뭇가지 하나 부러뜨리지 못한 정도의 비바람에 첨단 과학 문명이 여지없이 무릎을 꿇고 만 셈이었다.

대합실에선 갖가지 소음이 끊임없이 날아오고 있었다. 텔레비전 소리, 스테인레스 재떨이가 바닥에 넘어져 굴러가는 소리, 고장 난 커피 자판기를 두들기는 소리 그리고 사람들의 짜증 어린 고함소리가 유리창 틈새를 후벼드는 날카로운 바람 소리와 뒤섞여 흉중을 어지럽히고 있었다. 벌써 여섯 시간이나 꼼짝을 하지 않는 비행기가 사람들로부터 인내심을 허물어뜨리고 있었다.

"오로 어프로우치(approach, 지상 관제소). 오리엔탈 스타, 나인 투 식스, 오버."

관제탑을 호출하는 기장의 목소리가 싸아— 하는 금속성 음향에 섞여 라디오에서 흘러나왔다. 긴 굴을 헤쳐 나온 듯 가늘고 아득한 그 소리는 예정 시간보다 한 시간이나 늦게 마닐라 공항을 출발한 오리엔탈 스타 항공 926편에서 날아온 것이었다. 마닐라 공항은 이곳에서 서북쪽으로 400여 킬로미터 떨어져 있었다. 파본은 숨을 죽였다.

"오리엔탈 스타, 나인 투 식스, 고 어헤드."

가까이서 들려온 어눌한 목소리는 관제탑의 응신이었다.

"지금 깔바요그 상공을 이만 천 피트의 고도로 통과하고 있다."

"알았다. 디어 지점에서 다시 교신하라. 고도는 이만 천을 계속 유지하라."

"오로 공항 기상은 어떤가?"

"남풍이 강하다. 구름이 낮고 안개가 끼어 시계(視界)가 흐리다. 비도 많이 내리고 있다."

"착륙이 가능할 것으로 보이는가?"

파본은 여기에서 라디오 볼륨을 높였다. 뜨거운 양철판에서 물방울들이 자글자글 튀어 오르는 듯한 소리가 한동안 정적을 메우더니, 관제사 말이 머뭇머뭇 뒤를 이었다.

"오피셜은…… 랜딩미니멈(landing minimum, 최저 착륙가능수치)이다."

"착륙이 가능하다는 말인가?"

"현 기상수치상으로는…… 그렇다."

침묵이 흘렀다. 그리고 더 이상 교신은 이어지지 않았다. 마이크를 끈 조종사는 기창(機窓)을 향하여 육박해 오는 폭풍우에 운명을 맡긴 채, 하필이면 조종사의 길을 택한 자신을 탓하며 습관적인 손놀림으로 조종간을 조작하고 있을 것이고, 관제탑의 사내는 한 잔의 뜨거운 커피로 몸을 녹이거나 집에 안부전화라도 걸기 위하여 자리를 떴을 것이었다.

아무튼 비행기가 여기 오로 공항까지 오기에는 아직 삼십 분 여의 시간이 남아 있었다. 파본은 시선을 밖으로 돌렸다. 유리창에 달라붙은 빗방울들이 순식간에 무리를 지어 크고 작은 줄기를 이루며 흘러내리고 있었다. 빠르게 모이고 엉켜들고 또 흩어져 가는 모습이 예사롭지가 않았다.

파본은 이런 날씨 속으로 비행기를 끌어들인다는 것은 무모한 일이라고 생각하고 있었다. 관제사는 공식적으로는 착륙이 가능하다는 한마디로 그가 덧붙여야 했을 갖가지 말들을 대신해버렸다. 비상착륙이라도 해야 할 형편이라면 몰라도, 백이십 명의 승객이 타고 있는 정기편 여객기를 폭풍우 속으로 끌어들인다는 것은 잘못된 일이었다. 세계 굴지의 다른 항공사들이 이곳 오로 공항으로의 운항을 포기해버린 것이 그 증거였다.

답답하기는 기장의 경우도 마찬가지였다. 바람이 불고 비가 내리며 안개까지 끼어 있다면, 비행기의 안전을 위협하는 요소들은 고루 망라되어 있는 셈이었다. 다른 것은 모두 제쳐두고서라도, 자칫하면 하나뿐인 자신의 생명을 앗아가 버릴지도 모를 상황임에도 불구하고, 그는 공식적이라는 단 한 마디에 말문을 닫고 만 것이었다.

그러나 파본은 서둘러 그 상념을 떨쳐버렸다. 국영 오리엔탈 스타 항공에서 규정이라는 것은 절대적인 가치였다. 세상은 딱딱한 규정과 수치에 의하여 돌아가고 있었다. 거기에 인간이 끼어들 여지는 없었다.

"오로 어프로우치. 오로 어프로우치. 오리엔탈 스타, 나인 투 식스."

이십 분 가까이 시간이 흘렀다. 길게 이어진 침묵을 허물며 기장의 목소리가 튀어나왔다.

"현재 고도 육천에서 홀딩(holding, 선회비행) 중이다. 기체가 심하게 요동을 한다. 이따금 계기가 말을 듣지 않을 정도다."

"로저, 고도 변경을 원하는가?"

그간 자리를 지키고 있었는지 관제탑의 사내가 비교적 신속히 응답했다.

"그렇다. 구천 피트로 올리면 좋겠다."

"허가한다. 구천 피트로 상승한 뒤 대기하라. 여기도 바람이 거세어지고 있다."

하늘과 땅을 일시에 뒤헝클어놓으며 귀청이 찢어질 듯 요란한 소리가 울려왔다. 구름과 빗방울로 가득 찬 허공의 한구석에서, 거대한 폭발음처럼 들려온 그 소리는 바람 소리였다. 대합실을 가득 메우던 소음도 한순간 뚝 끊겨버렸다. 파본은 자리에서 벌떡 일어났다. 빳빳하게 팽창된 그의 눈동자로 항공기

계류장 한쪽에 세워진 급유차가 금방이라도 넘어질 듯 뒤뚱거리는 모습이 날아들었다.

다차인은 안전벨트 착용 시그널을 눌렀다. 이어 여승무원의 안내방송이 머리 위에 달린 스피커를 뚫고 쏟아져 내렸다.

—승객 여러분. 기류의 영향으로 기체가 흔들리고 있사오니 좌석에 앉아주시고, 좌석에 앉으신 후엔 반드시 안전벨트를 착용하시길 바랍니다. 그리고…….

다차인은 안내방송에 무심히 귀를 기울였다. 불안에 떠는 듯한 여승무원의 가냘픈 목소리를 타고 딸 티티야의 모습이 떠올랐다. 어깨에 매달린 채 떨어지지 않던 티티야. 그 아이의 간절한 울음소리에선 공포의 기색마저 느껴졌다. 티티야는 아직 엄마가 자신을 떠났다는 사실조차 인식하지 못하고 있었다. 이별의 의미를 알기엔 너무나 어린 나이였다. 아내가 다른 사내를 사귀고 있다는 사실을 깨달은 것은 꽤 오래전이었다. 하지만 그로선 아무런 내색도 할 수가 없었다. 혼자서 집을 지키고 앉아 있기에 아내는 너무나 아름다웠다. 세상은 강력한 최음제처럼 스며들어와 그녀가 가진 아름다움을 부추겼다. 이따금 아내를 향한 분노가 치솟았지만 그건 어리석고 부질없는 짓이었다. 어쩌면 아내보다도 조종사라는 직업을 더 소중히 여겼던 자신에게 잘못이 있을 수 있었다. 그는 자신의 직업을 사랑했다. 그는 막힘없이 뚫린 하늘을 사랑했고 비행의 스릴과 자유스러움을 사랑했다. 엔진의 폭음과 그것에서 전달되어 오는 강력한 진동을 그리고 공중에서 내려다보이는 산맥과 들과 강의 오밀조밀한 조화를 사랑했다. 네 개의 금줄이 달린 제복 또한 무엇과도 바꿀 수 없는 긍지였다. 그것은 가족을 돌보지 않은 채 평생을 술독에만 빠져 살다가 간 아버지와 가난하고 불우했던 자신의 과거에 대한 통쾌한 보상이었고 앙갚음이었다.

"기장님. 오로 공항의 기상 상태를 알고 계시죠?"

타닌이 걱정스런 얼굴로 물었다.

"알지. 시정(視程)이 천이백 미터, 운고(雲高)는 삼백 피트네. 남풍이 10노트로 불고……. 물론 돌풍의 위험이 있긴 하지만, 공식적인 수치는 착륙 가능 상태일세."

"하지만 기장님도 잘 아시는 대로, 오로에 착륙하려면, 남쪽 바다에서 진입을 해서 산줄기를 따라 북쪽으로 날다가 타브라 산 직전에서 180도 회전을 해야 합니다. 그렇게 기수를 남쪽으로 튼 다음 활주로 방향에 재빨리 비행기를 맞추고 급격히 하강을 해야 합니다. 날씨가 좋은 날에도 쉽지 않죠. 한데 오로 공항은 기상 변화가 심하기로 유명하잖습니까? 오늘같이 시정이 좋지 않은 날엔 선회를 하다가 산에 부딪칠 위험이 있어요."

"자네 말 그대로야. 오로는 조종사들이 꺼리는 공항이지. 타브라 산의 울창한 숲에선 열대지방 특유의 강력한 하강기류를 불시에 쏟아내. 재작년엔 추락사고도 있었어. 하지만 불지 안 불지도 모르는 돌풍 때문에 정기편 항공기를 취소할 수도 없잖

은가?"

"그렇다고 해도 이렇게 날씨가 좋지 않은 날 굳이 위험을 감수해가면서 비행기를 띄울 필요가 있을까요? 승객 입장에서 봐도, 관광이건 비즈니스건 오늘 못 가면 내일 갈 수도 있는 거 아닙니까? 물론 불편하기도 하겠고 어쩌면 금전적인 손해나 다른 문제도 있을 수 있겠죠. 하지만 목숨을 잃지는 않아요. 사고는 한 번 나면 끝장이잖습니까. 이건 어리석은 도박입니다. 그것 때문에 다른 항공사들은 일찌감치 운항을 취소한 게 아니겠습니까?"

"그래. 도박이지. 하지만 이 나라에서 도박이 아닌 게 어디 있나? 도박이 아니라 전쟁판이지. 만약에 우리가 비행기를 끌고 나오지 않았더라면 무슨 일이 일어났을지 상상이 가나? 승객들은 떼로 몰려와 고함을 지르고 주먹을 휘두르면서 울분을 토하겠지. 날씨가 나쁘건 비행기가 고장이 났건 그건 손님들이 관심을 둘 사항은 아니야. 손님들의 문제는 돈을 주고 산 권리가 일방적으로 침해당했다는 사실이지. 그렇게 될 경우, 우리에게 회사에선 뭐라고 할까? 있을지도 모를 위험을 예방했다고 상을 줄까? 아니야. 당장 사표를 써야 할 걸세. 자넨 비행기 점거 농성이란 말도 못 들어봤나? 무슨 이유에서든 비행기를 점거한다는 일은 큰일이야. 외국에선 중죄에 속하네. 하이재킹이나 마찬가지로 여겨. 하지만 이 나라에선 그게 통해. 그것이 이 나라의 정의고 세상 돌아가는 원리야."

사무실 문이 열리며 빅나얀이 들어왔다. 그는 오리엔탈 스타 항공의 오로 공항 책임자였다. 비록 수십 개에 달하는 단위 부서의 일개 책임자에 지나지 않았지만, 그는 절묘한 처세술과 추진력 그리고 난폭하기까지 한 성정으로 누구도 무시 못할 영향력을 가지고 있었다. 오리엔탈 스타 항공의 부사장을 비롯하여 영업본부장, 인사담당 전무가 그의 후견인이었다. 그 밖에도 정부기관 요로와 내로라하는 기업체에 그의 단골 고객이며 후원자인 인사들이 자리 잡고 있었다. 주의회 의원의 보좌관에 지나지 않았던 그가 오늘에 이르기까지는 그들의 각별한 배려가 절대적인 힘이 되었다는 사실에 의심의 여지가 없었다.

"비행기에선 아직도 연락이 없나?"

빅나얀은 예의 그 날카로운 그러면서 녹슨 함석조각처럼 쉰 음성으로 말했다.

"지금 상공에서 홀딩하고 있습니다."

파본은 그가 두렵고 싫었다. 그의 쉰 목소리 속에는 오만이 숨어 있었고, 분명하고 활기찬 몸짓에는 위선이 가득했다. 그에게 있어 매사의 유일한 판단 기준은 무서운 이기심이었다. 그는 이곳 오로 공항에서 황제처럼 굴었다. 출퇴근 시간마다 직원들은 현관에 나아가 도열을 하고 그를 맞이하거나 전송하였다. 약삭빠른 친구들은 업무는 팽개쳐두고 그의 자동차나 구두를 번들거리게 닦아놓는 일에 열중이었다. 빅나얀의 말이나 행동은 곧 정의였고 진리였다. 직원들은 조금도 불편한 기색을 내비치지 않았다. 오히려 빅나얀에 관한 것은 모두가 찬양과 감사의 대상이었다.

빅나얀도 파본을 드러내놓고 싫어했다. 자신을 대할 적마다 파본의 가슴에서 꼿꼿하게 머리를 쳐드는 거부감을 적과 아군을 가리는 데 동물적인 감각을 지닌 그가 놓칠 리 없었다.

“뭐, 홀딩을 해? 도대체 거기서 뭘 하고 있는 거야. 병신 같은 자식. 여기선 난리가 난 줄도 모르나? 누가 대기하라고 했어? 너야?”

“관제탑에섭니다.”

“당장 전화해. 관제탑 바꿔!”

그는 한쪽 손을 전화기로 불같이 가져갔다.

“하지만…… 지사장님. 아무래도 날씨가 좋질 않습니다. 풍속이 최소한 이십 노트는 되고, 강도가 수시로 바뀌고 있습니다. 도저히 종잡을 수가 없습니다. 방향은 역풍에서 조금도 변하질 않습니다. 이백 피트 상공에 적란운이 떠 있고, 매시 이백오십 밀리미터의 비가 내리고 있습니다. 실제 가시거리는 육백 미터가 될까 말까 합니다. 그리고 퍼시픽 에어라인 쪽 정보에 의하면, 만 피트와 삼천 피트 사이에 강력한 터뷸런스가 있고, 저고도 바람 때문에 윈드쉐어(windshear, 수직하강기류)가 발생할 가능성도 있습니다.”

파본은 그동안 수집했던 기상정보를 상세히 설명하였다. 빅나얀의 입가에 칼자국처럼 패인 주름이 더욱 깊어졌다. 그의 심사가 뒤틀리고 있다는 신호였다. 빅나얀은 파본의 말에서, 그가 애용하는 표현을 빌려, 부정적이고 패배주의적인 의도를 간파해낸 것이 틀림없었다. 사실 파본의 말에는 빅나얀의 무조건적인 권위의식을 향한 반발심도 포함되어 있었다.

"그래서 비행기를 그냥 되돌려 보내야 한다 이건가?"

다이얼을 누르다 말고, 빅나얀은 한 손에 들고 있던 수화기를 파본의 코밑에다 알씬알씬 흔들어댔다.

"너, 공식 기상 체크해봤어?"

"네, 아직…… 빌로우(below, 이착륙이 불가능한 상태)는 아닙니다."

그 말을 하면서 파본은 짧게, 막연한 의혹에 빠졌다. 왜 기상 정보에 시시각각으로 변하는 돌풍은 반영되지 않느냐 하는 것이었다.

"그렇지만 빅나얀 지사장님. 그것은 벌써 사십 분 전에 발표된 것입니다. 지금은 보시다시피 훨씬 악화되어 있습니다."

거기에 몇 마디의 설명을 덧붙이려던 파본의 의도는 빅나얀의 두꺼운 입술을 매섭게 젖히며 튀어나온 고함소리에 무참히 좌절되고 말았다.

"웬 잔소리가 그리 많아! 어쨌든 그건 오피셜한 거야. 자네 말은 그저 혼자 생각인 거고. 넌 수천만 달러짜리 비행기를 주먹구구식 육감 가지고 띄우나? 니가 신이야? 점쟁이 무당이야?

회사엔 규정이라는 게 있어. 규정에 맞으면 내리는 거고 안 맞으면 돌아가는 거야."

대합실에서 둔탁한 소리가 들리고, 한 남자의 거센 고함소리가 뺨을 후려치듯 날아왔다.

"도대체 비행기가 오는 거야 마는 거야? 시간! 시간! 시간은 돈이야. 니들 내가 얼마나 손해를 보고 있는지나 알어? 이거 어떻게 책임질 거야?"

빅나얀은 잠시 입을 봉하고 대합실 쪽으로 머리를 돌렸다. 그리고 무슨 생각이라도 난 듯, 수화기를 전화통에 도로 던져놓으며 단호한 목소리로 말했다.

"저게 무슨 소린지 알아? 당장 비행기를 내놓지 않으면 여길 때려 부숴버리겠다는 거야. 내 경고하지만, 자네에겐 언제나 불순한 부정적 의도가 숨겨져 있어. 그게 네 눈알로 빤히 들여다보인다 그 말이야. 알겠나, 내 말?"

빅나얀은 파본을 향하여 짧게 목을 그어 보이고는, 휭 하고 사무실을 나갔다. 파본은 무너지듯 자리에 주저앉았다. 그리고 담배를 한 대 질끈 뽑아 물었다.

얼마간 시간이 흘러갔다. 갑작스레 문짝이 열리며, 일단의 사람들이 사무실로 몰려들어 왔다. 호박색 와이셔츠 단추를 가슴팍까지 풀어헤친 건장한 체구의 사내, 검정 점박이 무늬 스커트를 암팡진 엉덩이에 걸쳐 입은, 동그란 눈매의 젊은 여인. 그리고 바르르 떨리는 손아귀에 비행기 표를 꼬깃꼬깃 움켜쥔 노인……. 그들의 얼굴은 하나같이 상기되어 있었고 노골적인 경멸의 빛을 띠고 있었다. 조금 전 문밖에서, 고함을 지르고 발길로 차고 두들기던 그 소리의 주역들이 모습을 드러낸 것이었다. 파본은 벌떡 자리에서 일어났다. 긴장감이 온몸에 엄습했다.

"여기 책임자가 누구야?"

맨 앞에 선 덩치 큰 사내를 밀쳐내며, 한 여자가 날카롭게 소리쳤다. 덜퍽스런 치자색 입술을 가진 중년여자였다. 파본은 그녀의 눈동자에서 쏟아지고 있는 불같은 적의에 당황했다. 마치 죄를 짓고 도망을 치다가 막다른 골목에서 맞닥뜨려진 기분이었다.

"도대체 사람을 어떻게 보고 하는 짓예요? 우리를 일자 무식쟁이로 아는 거예요? 이래 보여도 배울 만큼 배웠고 가질 만큼 다 가진 사람들인데, 이게 무슨 경우죠?"

그녀는 몹시 자존심이 상한 듯이 말하였다. 불신과 이기심은 군사정부가 무너지면서 이 땅을 새롭게 지배하기 시작한 보편적 정서였다. 매사가 불투명하고 불안정한 현실 속에서 사람들에게 믿을 수 있는 것은 오직 자신뿐이었고, 더욱 중요한 것은 코앞의 이익이었다.

"이놈들아. 왜 비행기를 빨리 내놓지 않느냐 그 말이야!"

비행기 표를 움켜쥐고 있던 노신사가 바르르 떨리는 손을 내저으며 말했다. 가슴에 빨간색 손수건을 맵시 있게 꽂아 넣은 그 노인의 데퉁스런 말이 끝나기가 무섭게, 중년여자가 다시 흰 이를 드러내고 나섰다.

"벌써 몇 시간이나 목이 빠져라 기다렸잖아요. 저쪽에서는 아침 새벽부터 공항에 사람이 나와서 기다리고 있을 텐데, 이게 사람을 어떻게 알고 하는 짓이냐 그 말이야."

그 여자는 격하게 몸을 뒤틀었고, 급기야 달아오를 대로 오른 다른 사람들의 분통을 폭발시키고 말았다.

"도쿄에서 미국 가는 비행기를 갈아타야 하는 유학생입니다. 그런데 이러다 미국 비행기 놓치면 책임질 겁니까? 입학 취소되면 책임질 거냐고요."

"이건 명백히 사기요. 남의 돈 받아 챙겼으면 그 대가를 내놔야 하는 거 아뇨. 정해진 시간에 비행기를 못 내놓을 거면 무슨 대책을 세워주든지. 정신적 피해, 시간적 물질적 피해 보상 말요."

"아따. 따따부따 여러 말할 것 없어요. 어디 이 사람들이 다른 사람 생각해줄 인간들입니까? 내 당장 신문사에 전활 해서 고발하겠어요. 그래도 이 나라에 법이 있고 정의라는 게 있는 건데, 이거 순전히 사람 우습게 보고 하는 수작 아닙니까? 어디 우리가 바보 천칩니까? 흔해빠진 빽줄 하나 없는 놈 서러워 어디 살겠나. 자랑은 아니지만 오로 신문사 사장이 내 집안 사람이에요. 나도 사람을 대자면 끝이 없어요."

파본은 극심한 갈증을 느꼈다. 물기란 물기는 모두 말라버린 입안이 버석거렸다. 심장은 걷잡을 수 없는 기세로 두근거렸고 손에선 땀이 배어났다. 사람들은 있는 힘을 다해 소리를 질렀지만 한마디도 제대로 알아들을 수가 없었다.

"저어……."

파본은 타는 입술에 침을 바르며 사정을 설명하려 들었다. 두려움이 자꾸만 그의 말을 막아냈다. 사방이 덤불과 가시철망으로 둘러싸인 듯이 느껴졌다. 밖에선 대지를 뒤집어엎을 듯이 비바람이 휘몰아치고 있었고 천둥소리가 쿠르릉 울려왔다.

"죄송합니다. 비행기는 지금 공중에서 대기하고 있습니다. 저희대로 최선을 다하고 있지만, 날씨가 더 안 좋아졌거든요. 어쨌든……."

간신히 그 말을 덧붙였을 때였다.

"장난 치나!"

사십 평 남짓한 사무실을 가득 메워버린 사람들 한가운데에서 그 한마디가 표창처럼 솟아올랐다.

"뭐, 날씨가 안 좋다고요? 거짓말 말아요. 우리가 그것도 모를 줄 아세요?"

파본의 말꼬리를 매섭게 휘어잡고 나선 이는 예쁜 눈을 가진 젊은 여인이었다. 바둑알 무늬 스커트의 그 여자가 목덜미까지 벌겋게 물들이며 말을 하고 나섰다.

"내가 똑똑히 들었어요. 붉은색 양복을 입은 그 사람. 이마가 벗어지고 금테 안경을 쓴 어떤 남자가 그러는 거예요. 항공사에서 맘만 먹으면 금방이라도 비행기를 띄울 수 있다고요. 우리가 몰라서 그렇지 날씨가 나쁜 것 같애도 사실은 그렇지 않대요. 기상 수치라던가 뭐라던가…… 아무튼 괜찮다는 이야기였어요. 여보, 당신도 들었지? 정말이지 이럴 수가 있는 거예요? 우리가 모른다고 막 속여먹어도 되는 거냐구요."

정말 이럴 수가 있는 것일까? 파본의 사고는 중심을 잃고 혼돈 속으로 빨려들어갔다. 붉은색 양복과 금테 안경— 그것은 빅나얀의 모습이었다. 그가 그런 말을 했을까? 그럴 리가 없었다. 그는 이곳 오로 공항의 책임자였다. 항공기의 안전을 무엇보다도 먼저 생각해야 할 위치에 그가 있었다. 그런 그가 이토록 어처구니없는 말을, 가뜩이나 흥분해 있는 군중들에게 흘릴 이유가 없었다.

아니면 어떤 목적으로 계산된 고도의 교란작전이었을까. 만약 그가 무슨 수를 써서라도 비행기를 내리기로 결심했다면, 그리고 무리한 착륙 중에 어떤 사고라도 일어난다면, 지금 사무실에서 벌어지고 있는 일은 자신에게 돌아올 책임을 덜어줄 효과가 있었다. 독재정권이 물러난 후에 다중의 힘은 대단한 위력을 발휘하고 있었다. 사람들은 자신들의 이익을 보호한다는 구호 아래 서슴없이 뭉쳤고 한데 뭉친 그들은 어떤 폭력도 주저하지 않았다. 이 승객들의 기세를 보아 당장 비행기를 띄우지 않는다면 폭동이라도 일어날 상황이었다. 오리엔탈 스타 항공의 사장은 언제나 이렇게 말하곤 했다. 고객은 왕이다. 고객을 만족시키는 것이라면, 설령 그것이 조금 무리하거나 잘못된 것이라 할지라도 나는 지지할 것이다.

그렇다 하여도 이 악천후 속으로 비행기를 끌어들일 수는 없었다. 파본은 용기를 내어 입안에 담겨 있던 말들을 쏟아내기 시작했다.

"제 말 좀 들어주십시오. 그 말씀도 틀린 건 아닙니다. 공식적인 수치로만 따진다면 비행기 운항에는 지장이 없다고 할 수가 있습니다. 그러나 문제는 날씨가 수시로 변한다는 사실입니다. 저기, 창밖을 보십시오. 날이 어두워 희미하긴 합니다만, 활주로 옆에 잠자리채 같은 것이 보이지요? 저것이 바로 윈드색이라는 것인데, 바람의 세기와 방향을 재는 장치입니다. 그것이 지금 직각으로 곤두선 채 조금도 수그러들질 않지 않습니까? 저 정도면 풍속이 최소 이십오 노트는 됩니다. 저걸 옆구리에 맞으면 비행기가 뒤집어질 수도 있어요. 그런데 어떻게 백수십 명이나 타고 있는 비행기를 섣불리 불러들일 수가 있단 말입니까? 아시다시피 지금은 폭풍주의보가 내려진 상태가 아닙니까."

파본이 말을 맺기가 무섭게 아까 그 덩치 큰 사내가 멱살을 움켜잡았다. 그리고 이를 뿌드득거리며 말했다.

"이 자식! 누구한테 설교하는 거야?"

이어 잠깐 인형같이 귀엽고 깜찍하다는 생각을 들게 했던 바둑알 무늬 여자가 말을 받았다.

"이 사람이 또 우릴 속이려는 거예요. 우리가 아무것도 모를 줄 알고 제멋대로 떠들고 있어요. 이렇게 뻰뻰스럴 수가 있어요? 말이야 바른 말이지, 비행기가 떨어져봐야 죽는 건 우리가 아니잖아요? 그런데 우리가 무엇 때문에 이런 사람한테 매달려 통사정을 해야 하느냐구요. 내 돈 주고 비행기 타면서……."

그녀의 높고 날카로운 한마디는 바글바글 끓어오르는 기름에 불길을 당기고 말았다. 더 이상 당하고 있을 수만은 없다고 생각한 사람들은 다음 행동으로 옮겨갔다. 전화기가 깨어지는 소리가 머리 뒤쪽에서 들려왔고, 의자가 뒤집혔으며, 필기구, 탁상일기, 휴지통이 날아다녔다.

"이러지들 말아요. 이봐요, 그만 좀 해요."

그 어느 땐가, 한 노파의 쉰 목소리가 어지러워진 파본의 가슴속으로 날아들었다.

"이 사람이 무슨 죄가 있다고. 이런다고 당장 갈 수 있는 것도 아니잖아요."

파본은 소리가 들려온 쪽으로 시선을 돌렸다. 그러나 노파의 모습은 찾아낼 수가 없었다. 대신 악몽 같은 아수라장 속에서, 언뜻 빅나얀의 모습을 발견해내었다. 흥분한 군중들의 어깨 너머로 환영처럼 솟아난 그의 얼굴엔 어이없게도 회심의 미소가 떠 있었다. 파본은 착각이라고 생각했다. 다음 순간, 그는 가슴팍에 털이 곰실곰실 돋아난 그 덩치 큰 사내의 완력에 의하여 사무실 한구석으로 팽개쳐지고 말았다.

다차인은 병째로 물을 들이켰다. 컵에 찔끔 따라 마시는 것으로는 도무지 갈증을 가라앉힐 수가 없었다. 마음을 진정시키려 애를 썼지만 소용이 없었다. 그의 비행시간은 칠천 시간을 넘기고 있었다. 그만하면 베테랑 조종사라고 할 수 있었다. 하지만 악천후 속을 비행할 적마다 저며오는 두려움을 막을 수가 없었다. 더욱 어려운 문제는 그 긴장감을 어느 누구에게 내비칠 수조차 없다는 사실이었다. 이 항공기의 책임자인 그에게는 그저 안으로 삼키고 삭여서 스스로 감당해내는 방법밖에는 없었다.

기창 너머의 햇살도 한껏 사위어 있었다. 항공기 아래의 먹구름은 바닥 깊은 늪처럼 고인 채 좀체 움직일 줄을 몰랐다. 저 구름에 갇힌 지상엔 짙어진 어둠 속에 비바람이 몰아치고 있을 것이었다. 다차인은 그 어둠과 비바람의 한가운데에 자신의 비행기를 그려보았다. 그리고 다시 물을 들이켰다. 최신식 제트여객기일지언정 이 드넓은 하늘에 그것은 한 점 작은 티끌과 같았고 몰아치는 폭풍우 속에서 한 잎 낙엽에 불과했다.

"기장님. 아직도 따님 생각을 하고 계십니까?"

타닌이 걱정스런 표정으로 자신을 바라보고 있었다.

"잘 있겠지. 아이가 제 엄마를 닮아서 강단이 있어. 그런데 좀 피곤하군. 지난밤 이런저런 생각에 제대로 못 잤어."

비행기가 심하게 덜컹거렸다. 저기압이 강해지고 있다는 신호였다. 전방에 산봉우리처럼 솟아 있는 적란운이 보였다. 깊은 암굴 같은 구름의 가운데에선 번개가 일고 있었다. 다차인은 조종간을 우측으로 젖혔다. 비행기는 둔중한 곡선을 그리며 오른쪽으로 방향을 틀었다.

"승무원에게 마실 거라도 가져오라고 할까요?"

"연료나 체크해봐. 앞으로 얼마나 홀딩이 가능한가."

"십 분입니다. 십 분 후엔 착륙을 하든 돌아가든 결정을 하셔야 합니다."

"십 분이라……. 딱 술 한 잔만 했으면 좋겠군."

"콜라라도 조금 하시겠습니까?"

"아니야. 승무원에게 커피 한 잔만 더 가져오라고 부탁해주게. 아주 진하게 말야."

부기장 타닌은 승무원에게 인터폰을 넣었다. 그는 진한 커피 두 잔과 얼음물로 식힌 물수건을 부탁했다. 그리고 조종석 의자를 앞으로 끌어당기며 말했다.

"기장님. 솔직히 저 지금 떨고 있어요. 왜 하필 이런 직업을 택했을까 후회됩니다."

"그래도 그런 하소연이라도 할 수 있는 때가 행복한 거야."

그렇게 말을 내뱉고 나서 다차인은 고개를 숙였다. 불현듯 솟아난 티티야 생각 때문이었다. 겨우 유아기를 벗어났을 뿐인 티티야는 아픔을 호소할 상대마저 잃어버린 상태였다. 티티야는 단 한순간도 진정한 아버지를 가지지 못했다. 아버지는 늘 떠나 있었고, 이젠 엄마마저 잃어버렸다. 티티야에게 가족이란 허울이었다. 그 애는 혼자였다.

사람들이 썰물처럼 빠져나갔다. 사무실에 갑작스레 몰려든 적막을 타고 어디선가 작은 흐느낌이 들려왔다. 입사를 한 지 한 달도 되지 않은 여사원이었다. 회색빛 철제 캐비닛이 세워져 있는 사무실 한 모퉁이에서 그녀는 몸을 웅크리고 앉아 떨고 있었다. 한 권의 책만 쥐어주면 영락없는 고등학생인 그녀에게, 장차 자신의 분홍빛 삶이 펼쳐질 터전에서 일어난, 조금 전의 일은 커다란 충격이었을 것이다. 어쩌면 그녀가 여태껏 가꾸어왔던 세상을 향한 꿈과 기대는 여지없이 박살 나버렸는지도 모를 일이었다.

다른 직원들이 하나둘씩 들어오기 시작했다. 성난 군중들이 몰려오기가 무섭게 게눈 감추듯 사라졌다가 다시금 모습을 나타낸 그들 중엔 빅나얀의 충복 에스카노도 끼어 있었다. 파본은 그곳을 나와버렸다. 그에게 인간이란 혐오의 대상일 뿐이었다.

그는 스낵코너 앞을 지나 화장실 쪽으로 휘어 돌아가는, 사람이 없는 좁은 복도를 따라 걸어갔다. 그 길은 항공기 계류장으로 통하는 비상구와 이어져 있었다. 그 문을 통하여 바깥으로 나가 천지에 난무하는 비와 바람을 흠뻑 맞아볼 참이었다.

그 어느 때였다. 파본은 느닷없이 들려온 수다스러운 웃음소리에 걸음을 멈추었다. 이히히힛……. 서툰 솜씨의 배우가 억지로 지어내는 것 같은 웃음소리는 분명 빅나얀의 것이었다. 이곳 오로 공항에서 그의 웃음소리를 알아채지 못할 사람은 아무도 없었다.

"이것 보게. 빅나얀 군."

걸쭉한 노인의 음성이 빅나얀의 웃음소리에 이어 흘러나왔다.

"자네만 믿네. 내가 오늘 도쿄 계약을 성사시키지 못하면 어떻게 되는지 임자도 알고 있지? 이 나라에서 열 손가락 안에 드는 사업가인 이 빌라도사가 그냥 알거지가 되는 거야. 문제가 그것뿐이겠는가? 만일에 내가 도산이라도 하는 날엔, 그 화가 자네 회사에도 미쳐. 내가 자네들 회사 주식을 적잖이 갖고 있기에 하는 말일세. 기왕지사 꺼낸 말이라서 하네만, 나와 자네들 사장 사이가 어디 보통 사인가? 그 사람 여기저기 벌여놓은 사업이 혼자 힘으로 된 건 줄 아는가? 거기엔 다 내 각별하고 우정 어린 지원이 숨어 있다 그 말일세."

"그야 여부가 있으시겠습니까? 회장님."

그들의 대화는 복도가 남쪽으로 휘어져 돌아간 그 끝에 널찍하게 자리 잡은 귀빈전용 응접실에서 들려오고 있었다. 파본은 훤칠한 키와 번쩍이는 눈빛 그리고 잘생긴 이마 위로 가지런히 빗어 넘긴 은발의, 미남배우 출신 사업가 빌라도사를 떠올렸다. 그는 오로 지방 첫째가는 재벌이었고 국내에서도 손꼽히는 실력가였다. 그에 비하면 빅나얀은 코흘리개 골목대장에 불과했다. 그런 두 사람이 어떻게 이렇듯 긴밀한 인연을 맺었던 것인지 파본은 빅나얀의 천부적인 사교력에 새삼 혀를 내두르지 않을 수가 없었다.

"그러니까 내 말은 우리 모두가 공동운명체란 말일세. 말이야 바른 말이지, 만에 하나 지금 공중에 떠 있는 비행기가 여기 착륙하다가 잘못되었다고 해봄세. 그게 어디 자네 탓이고 내 탓이 되겠는가? 그건 이 지랄맞은 날씨 탓이고 팔자소관 아닌가? 그리고 굳이 따지고 들자면 조종사 능력 탓일 수도 있고……. 생각해보게. 세상에 멀쩡한 비행기 떨어지는 것을 바라는 사람이 있겠나? 하지만 매사 소극적인 사람은 곤란하네. 이 자본주의 사회에서 모든 것은 싸워서 쟁취하는 거라네. 겁 많고 비굴한 자는 살아갈 수 없는 체제가 자본주의야. 그렇다고 내가 자네더러 비행기 하나 제대로 통제 못하는 겁쟁이라고 말하는 것은 아니고, 일테면 그렇다 그 말일세. 허허. 어떤가, 자네 생각은?"

"그거야 제 생각이 다를 턱이 있겠습니까. 그렇잖아도 제가 데리고 있는 직원 가운데 삐딱한 녀석이 하나 있어서 호되게 야단을 쳐놓고 오는 길입니다. 이 녀석이 기장한테다 대고 자꾸 기다려라 신중하라 이런 소리만 늘어놓고 있질 않습니까? 어디 이 바쁜 세상에 그게 될 법이나 한 일입니까? 헤헤, 말씀드리기 뭐합니다만, 비행기를 여기 상공에까지 끌어들이는 데도 제가 애를 좀 먹었습니다."

문틈으로 들려오는 그들의 대화를 들으며 파본은 흉중에서 무엇인가 뚝 끊기는 것 같은 충격을 느꼈다. 그리고 머릿속이 점차 뜨겁게 달아올랐다.

"암튼 말일세. 사업이라는 건 모험을 마다치 않는 투지에서 시작되는 거네. 인생도 다 마찬가지 아닌가? 위험과 정면대결해서 싸우지 않고 요리조리 피해만 다니다간 빌어먹기 딱 맞네. 내 회사엔 그런 놈 없어. 난 그런 소인배는 용서 못 하네. 그냥 모가지야."

"관계부서마다 잘 아는 사람들이 있어서 필요한 조치는 다 취해놓았습니다. 조금 지체가 되긴 했습니다만, 반드시 비행기를 착륙시켜서 회장님을 도쿄까지 모실 수 있도록 하겠습니다. 회장님 분부신데, 어디 비행기뿐이겠습니까?"

"좋아요, 좋아. 내 오늘 자네 신세를 많이 지는군. 내가 도쿄에 도착하는 즉시, 자네 사장에게 전화를 함세. 오리엔탈 스타 항공에도 자네 같은 인재가 있다는 사실을 알면, 그 사람 좋아할 거야. 허허허……."

빅나얀이 일어서는 모양이었다. 파본은 황급히 그곳을 벗어났다. 발을 내딛을 적마다 더해오는 위기감이 쿵쿵 가슴을 짓찧었다. 이것은 음모였다. 모반이었다. 사무실로 돌아오기가 무섭게, 파본은 마이크를 거머쥐었다.

"오리엔탈 스타, 나인 투 식스. 돌아가는 것이 좋겠다. 바람이 역풍(逆風)에서 변하지 않은 채 세기가 수시로 바뀌고 있다. 돌풍이 20노트까지 분다. 착륙은 위험하다. 오버."

끓어오르는 분노에 파본은 걷잡을 수 없이 떨렸다. 그러나 놀라서 당장 튀어나올 것만 같았던 조종사로부터는 얼른 응답이 오지 않았다.

"반복한다. 즉시 돌아가라. 기상 상황이 예상보다 나쁘다. 호전될 기미도 보이지 않는다."

잠시 연유를 알 수 없는 침묵이 이어지고 난 뒤, 뜻밖의 대답이 라디오에서 굴러 나왔다.

"……이미 알고 있다."

"뭐, 뭐라고 했는가?"

"날씨가 좋지 않다는 것을 이미 알고 있다고 했다."

"그런데 왜 돌아가지 않는가?"

"할 수만 있다면 나도 그러고 싶다. 하지만 공식적인 기상수치가 수정되지 않는 한, 돌아갈 수는 없다. 그건 규정위반이다."

"당신은 기장이지 않은가? 당신은 스스로의 판단에 따라 비행기와 승객의 안전을 지켜야 할 권한과 책임을 가지고 있다."

"내 판단이라고 그랬나? 듣기 좋은 소리일 뿐이다. 기장의 판단이라는 것은 회사의 이익을 극대화하면서 동시에 고객의 욕구를 백 퍼센트 만족시키는 데 있다고 교육받았다. 하지만 그럴 방법은 없다. 그것 때문에 조종사들이 얼마나 극심한 갈등을 겪는지, 단단한 땅에 두 발을 딛고 사는 당신들은 모를 것이다. 하루에도 몇 번씩 이 짓을 그만두고 싶다."

"그럼 어쩌자는 것인가?"

"기다리는 거다."

"뭘 기다리는가? 기상이 호전될 기미가 없다고 했지 않은가?"

"나도 모른다. 자꾸 묻지 말라."

그때였다. 출입문이 벌컥 열리고, 대합실 가득히 쌓여 있던 소란이 사무실 안으로 쏟아져 들어왔다. 그리고 거의 동시에 빅나얀의 험악한 소리가 귀청을 때렸다.

"뭐 하는 거야! 이 짜식이."

그리고 이내 그곳에서 어떤 일이 있어났는지를 깨달은 듯한 표정을 지었다.

"넌 모가지야. 당장 꺼져."

저만치 파본을 밀쳐낸 빅나얀은 마이크를 집어삼킬 듯한 기세로 말을 쏟아내기 시작했다.

"나 지사장이다. 더 이상 지체 말고 착륙하라. 현재 오피셜 웨더는 어보우브(above, 운항가능상태)다. 즉시 착륙하라."

"기장이다. 지독한 터뷸런스로 모두 지쳐 있다. 승객들은 공포감마저 느끼고 있는 실정이다. 그리고……."

"그리고 뭔가?"

"내게 좀 어려운 사정이 있다."

"말하라. 당장 해결해주겠다."

"그럼 말하겠다. 사실은 티티야가……."

"티티야가 누군가? 브이아이핀가?"

"아, 미안하다. 다섯 살배기 내 딸 이름이다. 딸이 몹시 아프다."

"도대체 그게 어쨌다는 거야? 어린애를 보러 돌아가겠다 그 말인가? 소위 기장이라는 사람이 까짓 개인사정 때문에 회사 체면이 걸려 있는 중대한 임무를 포기하겠다 이건가?"

"좋은 날씨에도 착륙하는 데는 고도의 정신집중이 필요하다. 내 말은 이런 악기상하에서는 조종사의 하찮은 정신적 피로라도 엄청난 실수로 연결될 수 있다는 이야기다."

"쓸데없는 소리! 그렇다면 그 많은 계기나 장치들은 어디다 쓰겠다는 거야? 당신이 몰고 있는 비행기는 조종사가 필요 없을 정도로 우수한 비행기라는 사실을 모르는가?"

"기계를 조작하는 건 결국 사람이다."

"착륙해! 당장 내리지 않으면 보고하겠다. 그다음에 일어나는 모든 피해와 불상사에 대한 책임을 당신 철저히 져야 할 거야."

"……알았다. ……최선을 다하겠다. 하지만 시도해보고 안 되면 돌아가겠다."

"뭐야? 한 번으로 안 되면 두 번, 그래도 안 되면 세 번 네 번, 될 때까지 시도를 해야지 돌아가겠다는 것은 무슨 소리야. 지금 장난치는 거야?"

그렇게 고함을 지르고 나서 빅나얀은 마이크를 던져버렸다.

기장 다차인은 차가운 물수건으로 얼굴을 훔쳤다. 그리고 손가락 마디마디를 꼼꼼히 닦아낸 다음 그 물수건으로 기창을 정성 들여 닦았다. 항공기가 연해 심하게 덜컹거렸다. 전방에 가득 찬 암회색 구름을 뚫어져라 바라보던 다차인이 무겁게 입을 열었다.

"저 친구 이름이 빅나얀이야. 무서운 놈이지. 우리가 이런 날씨에 여기까지 오게 된 것도 저 친구 때문일 걸세. 다른 회사 비행기는 모두 결항되었는데, 유독 스타 항공 비행기만 버젓이 뜨고 내린다면 대단한 자랑거리가 아니겠나? 저 친구는 그걸 노린 거야."

"……."

"자. 이제 내려가세. 자네가 유의해야 할 사항은 지상의 불빛을 잘 관찰하는 거야. 고도 200피트까지 내려가서 활주로가 보이지 않으면 고우 어라운드(go around, 착륙을 포기하고 다시 상승하는 것) 할 거야. 만약 활주로 불빛이 보이면 그다음엔 전방을 잘 살피게. 앞쪽에 고속도로 불빛이 보일 거야. 고속도로를 넘어서기 전에 항공기를 돌려야 해. 만약 고속도로를 그냥 넘어서면 우린 타브라 산의 산신령이 될 거야. 알겠나?"

"네."

부기장 타닌이 짤막하게 대답했다.

"자네 애인 이름이 뭐랬지?"

"아루니입니다."

"이제부터 아루니만 생각해. 그 이름이 용기를 줄 걸세. 정신 똑바로 차리고 계기판에서 눈을 떼지 마."

"옛, 알겠습니다."

"가자. 자동조종장치 해제."

"기어 다운."

"기어 다운."

"플랩 피프틴(flap 15)."

"플랩 피프틴."

"라…… 라이트……."

착륙절차 체크리스트를 읽어 내리는 타닌의 목소리가 심하게 떨렸다.

"왜 그렇게 덤비나."

"라이트 턴."

"앗! 비행기닷!"

얼마간 시간이 흘렀을 즈음, 대합실 유리창에 몰려 있던 사람들 한가운데서 고함소리가 솟아올랐다. 파본은 감전이라도 된 듯한 전율을 느꼈다. 거의 공포에 가까운 감정이었다. 어느새 사무실에 들어온 빅나얀이 서둘러 달려가 창가에 매달렸다. 그의 충복 에스카노와 그 밖의 직원들도 그를 에워싸듯 몰려서서 바깥 하늘을 응시했다. 지진을 만나 놀란 짐승들이 한꺼번에 달려가는 것 같은 소리가 대합실의 높은 천장을 울리며 들어왔다. 재떨이가 나동그라지고 의자가 발길에 채여 끌려가는 소리가 들려왔다. 지레 겁을 먹은 어린아이들은 악을 쓰며 울었다.

아직 비행기는 광활한 암흑 속의 한 점 빛에 불과했다. 그러나 드넓은 하늘을 채우고 있는 칠흑 같은 어둠과 세상을 그대로 떠내려 보낼 듯 쏟아지는 빗줄기 속에서, 그것은 지구 상 무엇보다도 강렬한 모습으로 사람들의 가슴에 각인되었다.

불빛이 점차 가까워졌다. 한 개의 작은 점으로 보이던 불빛은 양쪽 날개 끝에 달린 청홍(靑紅)의 영롱한 광채로 갈라졌고, 이어 동체 아래서 거대한 기둥처럼 지상을 향해 뿜어져 나온 은백의 눈부신 광선이 모습을 드러내었다. 그리고 객실의 노란 불빛들이 점점이 드러나면서, 여객기의 위용이 나타나기 시작했다.

숨도 쉬지 못하고 있던 사람들의 입에서 하나둘씩 탄성이 터졌다. 그것은 자연의 위세에 감히 맞서고 있는 인류 문명에 대한 감탄과 자부의 소리였다. 그러나 그것만은 아니었다. 차갑게 반짝이는 그들의 눈동자는 단순히 그것을 즐기고 있다는 사실을 증명하고 있었다. 굶주린 사자와 노예의 사투를 지켜보는 원형 경기장의 로마인들처럼, 평생에 걸쳐 두 번 다시 볼 수 없는 기막힌 구경거리를 단 한 순간도 놓치지 않으려고 사람들은 눈에 불을 켰다. 격한 흥분에 들떠서 득의양양한 기세로 망막에 주워 담고 있었다.

"이봐. 대가리 좀 치워. 안 보여."

누군가가 외치는 소리가 한구석에서 날아왔다. 유리창에 붙어서 꼼짝을 하지 않던 빅나얀이 비행기에서 눈을 떼며 파본을 향해 소리쳤다.

"야. 파본. 네 눈깔에도 저게 보이냐? 비행기를 돌려보내야 한다고? 형편없는 불평불만분자 같으니. 이 빅나얀을 겁쟁이로 만들려고 작심이라도 했었나? 천만에. 날 우습게 보지 마. 난 무에서 유를 창조하는 사람이야. 그리고 자네 에스카노. 당장 보고서를 작성해. 오늘 이 공항에서 일어난 일을 하나도 빼놓지 말고 글로 써. 물론 언론사에도 연락해. 오로 공항에서 다른 비행긴 다 죽고 유일하게 우리 오리엔탈 스타 항공사만 운항을 하였다고 단단히 알려줘. 이런 날씨에 비행기를 띄울 수 있는 사람은 천하에 이 빅나얀뿐이라고 말야."

군중들의 가슴을 꿰뚫고 있는 쾌감은 그에게 이르러 더한 것 같았다. 빅나얀의 입술은 터질 듯한 환희에 바르르 떨고 있었고, 그의 목소리는 점차 증폭되어갔다.

"기수가 너무 떨어집니다."

"기수 올려."

"네."

"네만 말고 올려."

"넷!"

"돌풍이야. 콘트롤 시켜. 우로."

"옳지."

"스피드 브레이크 업."

"식스티 노트(60 knots, 항공기 속도)."

"콘트롤 시켜, 우로……."

"파워 올려."

타브라 산에 부딪칠 듯 아슬아슬 선회를 하여 활주로 방향으로 기수를 잡은 비행기가 위태로운 자세로 진입해 오고 있었다. 정상대로라면 불과 일이 분 후면 활주로에 닿을 것이었다. 활주로에서 비행기까지의 거리가 약 4킬로미터, 최후 5분간의 강우량이 35밀리미터로 관측되었다.

사람들은 다시금 긴장했다. 괴괴하고 육중한 빗소리가 입을 다문 무리를 커다랗게 압도해왔다. 파본은 가쁜 숨을 몰아쉬었다. 빅나얀은 빌라도사와 맺은 비밀거래를 이행하기 위하여 모든 상황을 조작했음이 분명했다. 한 치 앞을 내다볼 수 없는 기상이변 속에서 기상청의 공식상황이 한 시간 남짓이나 양호한 상태로 유지될 수 있었던 것도, 9천 피트 상공에서 대기하라던 관제탑의 지시가 착륙허가로 바뀐 것도 그리고 사람들이 떼거지로 몰려와 사무실을 유린한 것도 그의 신괴한 두뇌가 연출해 놓은 결과임이 분명했다. 아까 군중의 어깨 너머로 신기루처럼 돋아난 그 얼굴은 분명 빅나얀의 것이었다.

그러나 비행기는 무사히 착륙해야 했다. 비행기는 힘이었고 희망이었다. 그것은 한 인간의 가증스런 술책이나 이기심과는 비교도 할 수 없는 존엄한 진리 같은 것이었다. 아직도 너무나 많은 위험이 도처에 널려 있었다. 만약 이 참담한 어둠 속에 유령처럼 버티고 서 있는 추상화산 타브라의 머리에서 바람이 내리쏟아진다면 모든 것은 끝이었다.

……원 마일 프럼 텃치 다운…… 온 코스…… 온 글라이딩 패스…… 헤딩, 원 에잇 제로…….

착륙을 유도하는 관제탑의 교신이 숨막힐 듯 이어지고 있었다. 그러던 어느 순간이었다. 교신이 끊기는가 싶더니, 누군가의 입에서 혀가 부러지는 듯한 비명이 떨어져 나왔다. 하늘에 구멍이라도 뚫리는 듯 광폭한 바람 소리와 함께 비행기가 한쪽으로 기우뚱 쏠려버린 것이다. 그리고 비행기는 활주로 끝부분 착지 지점을 넘어서 후익후익 앞으로 떠밀려가고 있었다. 저런 상태라면 몇십 초 안에 활주로 너머 습지에 추락하고 말 것이었다.

"기장님. 기체가 조종되질 않습니다. 하강기류가 너무 강합니다."

"파워 올려!"

"엔진 파워…… 올려. 올려!"

"어! 플랩을 멈춰라. 그렇게 올리면 안 돼."

"플랩 다운! 플랩 다운!"

"파워. 파워."

"플랩!"

"기수 들어! 기수 들어!"

"경보음입니닷!"

"풀 업. 풀 업. 풀 업! 티티야……"

아—. 아—. 아—. 아—. 사람들이 소리를 지르기 시작했다. 서너 명의 입에서 시작된 그 소리는 순식간에 수백 명의 함성으로 돌변하였다. 고요한 수면에 쏟아지기 시작한 소낙비 소리처럼 번진 그 소리는 공포의 단말마였다. 그리고 동시에 짜릿한 환희였다. 적어도 자신만큼은 안전하다는 자각에서 우러나오는 안도의 환호였다. 어디선가 튀어나온 휘파람 소리가 휘익! 하고 허공을 갈랐다. 그들이 진정 바라고 있는 것은 비행기 최후의 순간일는지도 몰랐다. 비행기는 왼편으로 커다랗게 기울어졌다가 다시금 젖혀졌다. 그리고 공중을 향해 뛰어오르듯 솟구쳤다가 사정없이 곤두박질했다. 거센 비바람 속에 비행기는 맥없이 너풀거렸다. 와— 와—. 떨어진다, 떨어져—. 와아—. 사람들은 고개를 빼어 올리며 악을 썼다. 밀지 마! 안 보여! 이 새끼야! 서로 밀고 당기는 통에 일단의 사람들이 와르르 무너지며 험악한 욕설이 튀어나왔다.

빅나얀의 얼굴은 하얗게 굳어 있었다. 번득임을 잠시도 쉬지 않던 그의 눈동자도 허공에 빨려간 듯 공허히 열려 있을 뿐이었다. 어느 순간 비행기가 불길을 뿜어내며 산산조각이 날지 몰랐다. 이것은 처음부터 무리였다.

그러나 다음 순간 파본은 자신의 눈을 의심치 않을 수가 없었다. 가슴속에서 무엇인가 아싹 하면서 바스라지는 듯한 느낌이었다. 정말 기적같이 비행기가 자세를 바로잡고 내려앉고 있었다. 땅에 머리를 들이박을 듯이 곤두박질을 쳐 오던 비행기가 그악스레 몰아쳐오는 폭풍우를 완강히 되받아치면서, 야자나무 숲을 배경으로 아스라이 뻗어나간 활주로 위에 그 육중한 동체를 사뿐히 얹어놓았던 것이다. 그 경이로움에 정신이 아뜩했다.

"내가 뭐랬어? 해치웠잖아! 만세! 빅나얀 만세!"

빅나얀과 그의 충복들은 신열에 들떠 고래고래 악을 썼다.

파본은 그들의 무리에서 소리 없이 빠져나왔다. 대합실에선 사람들이 2층 출발장으로 바삐 옮겨가고 있었다. 그들의 재빠른 움직임이 그에겐 참담한 서글픔으로 다가왔다.

"미쳤어. 미쳤어. 다 미쳤어."

그 말을 되뇌며 파본은 계류장으로 뛰어나갔다. 문을 나서기가 무섭게 거센 빗줄기가 달려와 사정없이 몸을 휘감았다. 기쁨이었는지 분노였는지 모를 눈물이 뜨겁게 비어져나와 자꾸 앞을 가렸다. 속도를 줄이느라 내지르는 역추진 엔진의 굉음이 안개와 빗줄기를 제치며 끝없이 날아왔다. 파본은 아득한 저편 활주로에서 제동을 위하여 안간힘을 쓰고 있는 비행기를 향해 불끈 시선을 모았다.

비행기는 활주로 끝에 간신히 멈춰 섰다. 그 자리에서 멈추지 못하고 단 몇 초만 더 달렸어도 항공기는 불길에 휩싸인 채 활주로 너머 뻘밭에 처박혔을 것이었다. 기장 다차인은 엔진의 파워를 낮춘 채 유도로를 따라 천천히 비행기를 몰아갔다. 불어오는 바람에 기체가 심하게 들썩거렸다.

"기장님. 대단하십니다. 저는 정말 죽는 줄 알았어요."

부기장 타닌이 말했다. 그의 흰색 와이셔츠는 땀으로 흠뻑 젖어 있었다.

"이건 잘한 것이 아니야. 아까 운항사의 말대로 비행기를 되돌려야 했어. 난 세상에 맞설 용기가 없었네. 그래서 폭풍우 속으로 뛰어들었던 거야. 비굴한 선택이었지. ……미안하이. 그런데 그 친구 이름이 뭐랬더라? 오로 공항 운항사 말야."

"저도 기억나질 않습니다. 경황이 없었거든요."

"아까 항공기가 돌풍을 맞아 활주로를 이탈할 뻔했을 때, 문득 9·11 사태가 떠올랐네. 빌딩을 향하여 비행기를 몰아가는 것과 폭풍우 속으로 몰아가는 것이 무엇이 다를까 하는 생각이었어. 목적을 위해서 수단과 방법을 가리지 않는다는 측면에서 둘은 똑같은 사건이야. 이건 비정상이야. 세상이 완전히 돌았어. 어쨌든 이번 비행을 마치면 그만두기로 결심했네. 티티야를 이런 세상에 혼자 놓아둘 수는 없다는 생각이 들었어."

말을 마친 다차인은 흐릿해진 눈길로 정면을 응시했다. '지상의 낙원, 오로에 오신 것을 환영합니다.' 공항 청사의 건물 위에서 커다란 네온사인이 빨강 파랑 노랑의 영롱한 빛을 발하며 연신 흐물거리고 있었다. 그 영롱한 빛살 위로 문득 아내의 얼굴이 떠올랐다.

알아요. 당신은 훌륭한 조종사죠. 하지만 난 당신이 조종하는 기곗덩어리가 아녜요. 난 당신의 하찮은 관심과 애정을 더 소중하게 여기는 여자예요. 그건 티티야도 마찬가지예요.

아내는 지금 지상의 낙원에 가 있을까? 그럴 것 같지가 않았다. 이 모반과 광기의 세상에서 그녀 역시 또 하나의 이방인에 불과함을 아내는 지금쯤 아프게 깨닫고 있을 것이다. 자신이 티티야에게 돌아간다면 아내 역시 돌아오리라는 믿음을 그는 버릴 수가 없었다.

다차인은 항공기를 브릿지에 대었다. 그리고 승무원에게 다시 커피 한 잔을 부탁했다. 독한 보드카를 마시고 싶었지만 아직 돌아가는 일이 남아 있었다. 항공기 저 아래서 한 사내가 장대 같은 비를 맞으며 연신 팔을 흔들어대고 있었다. 하지만 그가 누구인지 기창에 가득 흐르는 빗물 때문에 알아볼 수가 없었다.

계류장은 이미 물바다였다. 드넓은 물의 벌판 위로 수없이 많은 파문을 그리며 빗줄기는 누군가의 긴 울음처럼 쏟아져 내리고 있었다.

기도

1.

"기장님. 이것 좀 보세요. 덴빈이 방향을 틀었어요."

기상레이더를 들여다보던 부기장 장학영이 말했다. 비행기는 쉴 사이 없이 덜컹거렸고 엔진은 끊임없이 웅웅거렸다. 엔진의 소음은 인간으로 따진다면 숨소리 같은 것이었다. 요놈이 생생히 살아 있다는 느낌이 승원의 가슴을 차분히 가라앉혔다.

"대만 상공에서 방향을 빙 돌려서 볼라벤의 뒤를 쫓고 있어요. 볼라벤은 지금 한국으로 향하고 있거든요. 4등급 볼라벤을 덴빈이 뒤따라가는 게, 마치 어미의 뒤를 쫓아가는 새끼 같아요, 원, 세상에 이런 일도 있나요?"

시선을 기창 앞쪽으로 던져둔 채 항공기의 엔진음과 진동을 온몸으로 받아내던 기장 윤승원이 기상레이더를 힐끗 쳐다보았다. 그가 어눌하게 입을 열었다.

"요즘은 무슨 일이든 다 일어날 수 있는 세상이야. 후쿠시마 쓰나미 생각을 해봐. 최고 29.9미터의 파도가 시속 800킬로미터로 밀려왔대. 완전 제트기 수준이지. 사망자만 삼천팔백 명, 실종자가 만 명이 넘었다더군. 자네 그 장면 봤어? 강아지 한 마리가 물길을 피해 달려가고 있었어. 그런데 반대쪽에서 더 큰 너울이 밀려드는 거야. 그래서 강아지는 방향을 바꿨어. 그리고 뛰고 뛰었지만, 결국 검은 파도 속에 파묻히고 말았어. 배, 자동차, 건물, 심지어는 공항의 비행기들까지 쓰레기처럼 처박히더군. 사람들 목숨이야……."

그는 잠시 말을 끊었다. 그리고 조종석 전면 계기반의 화면들을 손에 낀 비행장갑으로 닦아내었다. 티끌 하나 없이 이미 깨끗한 상태였지만, 그는 한동안 입을 다문 채 그 일에 열중하였다.

"이상기후다 지구 종말이다…… 자연현상이야 그렇다 쳐도 사람 사는 모습은 어떻고. 그게 지난여름이지? 집 안에서 잠자던 어린아이를 이부자리째로 들고 가 그 짓을 했다니…. 이제는 집에서 잠도 편히 못 자는 세상 아냐?"

그는 계기반에서 창백하게 빛나는 온갖 바늘, 표식, 숫자들 그리고 크고 작은 램프들을 차분히 훑어보았다. 날씨는 금방이라도 세상을 뒤엎을 듯 엉망이었지만 기체 안은 모든 것이 정상이었다.

"그러게 말입니다. 한마디로 말세, 뭐 그런 게 아닐까요?"

솔로몬 현지 시각 밤 11시 13분. 인천공항을 이륙한 파랑새 항공 611편이 서태평양 한가운데 버려진 한 개 돌조각처럼 떠 있는 이오지마 남쪽 상공을 날고 있었다. 하늘에는 별빛이 소낙비처럼 쏟아지고 있다. 궁수자리, 게성운, 남십자성, 백조자리 등이 개울가 자갈들처럼 널려 있다. 수많은 별무리 아래 크고 작은 별들이 가득 돋아났다. 서쪽 하늘 비스듬히 걸려 있는 갈고리달 아래로 암회색 구름이 아득히 깔려 있었다. 거대한 산맥처럼 퍼져나간 구름 속 여기저기에서 작고 날카로운 빛들이 번쩍 피었다 사라지곤 했다. 커다란 벚꽃 모양을 한 것도 있었고 부서진 우산살처럼 사방으로 뻗쳐 나가는 것도 있었다. 번개였다. 구름 아래에선 엄청난 폭풍우가 몰아치고 있음을 그 불빛들이 상기시켜주었다.

"그 쓰나미 말이야, 지옥이라는 게 아마 그렇게 생겼을 거야. 지난번 비행 때 방콕엘 갔는데, 도로에 자동차 대신 보트가 다니더군. 온갖 것들이 썩어 물에선 악취가 대단했어. 그 큰 도시가 한순간에 물에 잠기다니 상상이나 가?"

순간 비행기가 기울며 몸이 휘청 오른쪽으로 쏠렸다. 태풍 덴빈의 간접영향이었다. 비행기는 갑자기 허공으로 치솟았다가 곤두박질을 치며 금방이라도 부서질 듯 흔들렸다. 아마도 객실에선 선반의 물건들이 떨어지고 사람들은 외마디 비명을 지르거나 공포에 떨었을 것이었다.

"놀랐어요. 돌풍이 대단하네요."

부기장 장학영의 말이었다.

"조종사라는 직업은 하늘과 맞대결하는 직업이야. 비, 구름, 바람, 번개, 이런 게 모두 우리의 일거리지. 이렇게 공중에 떠서 올라오면 누가 우릴 구하겠나? 하늘에 목숨을 맡기는 수밖에 없지."

"그래서 조종사들 가운데엔 종교를 가진 사람이 많아요."

"자네 이야기 아냐? 아까 대기실에서 보니까 성경책 열심히 읽던데…."

학영이 얼굴을 붉히며 머리칼을 쓰다듬었다.

"예, 비행 전엔 언제나 조금씩 긴장이 되거든요. 오늘은 특히 더했지만요."

"나 역시 신자였어…… 한땐."

그 말의 뒤를 이어 승원의 뇌리에 떠오른 한 줄기 영상이 있었다. 그때 그는 한 교회에서 열리는 수련회에 참가하고 있었다. 아내를 잃고 난 뒤 휴가를 내어 찾아간 곳이 거기였다. 절망의 늪에 빠져 끝없이 허우적거렸다. 피를 토하는 듯한 기도와 묵상 그리고 고통스런 참회. 신 앞에 자신은 더러웠고 인간 앞에 부끄러웠다. 한없이 비탄스럽고 무거운 시간들. 모진 번민과 고통 속에 시간의 흐름마저 멈춰버린 듯했다. 마지막 날, 수련회 참가자들은 깊은 잠에 빠져 있었다. 시간이 얼마나 되었을까? 짙은 어둠 속에 조용히 문이 열리는 소리가 들렸다.

"모두 일어나세요. 지금부터 신속하게 옷을 입고 앞 사람만 따라서 나갑니다. 성도님들. 정숙, 그리고 경건한 자세를 유지하세요."

나지막하고 엄숙한 남자의 목소리였다. 사람들은 서둘러 일어나 대강 의복을 갖춰 입고 줄줄이 방을 나섰다. 길고 좁은 계단이 그들 앞에 이어져 있었다. 어둡고 긴 동굴의 양편에 촛불이 켜져 희미한 빛을 간간히 내쏘고 있었다. 그 연약한 불빛에 의지해 사람들은 조금씩 발걸음을 내딛을 수 있었다. 한없이 이어질 것만 같았던 어두운 계단이 끝나고 그들의 발길을 회색의 두터운 철문이 가로막았다. 선두에 선 사람들이 안내에 따라 철문을 밀어젖혔다. 순간, 숨이 막혔다. 빛이었다. 찬란한 은백색의 빛이 천장에서 휘장처럼 내려와 드넓은 실내를 가득 메우고 있었다. 눈부신 빛의 세상. 그리고 빛의 알갱이 속에 한 올 한 올 섞여 이슬방울처럼 노랫소리가 들려오고 있었다. 천사의 소리가 저런 것일까. 아름다우면서도 슬펐다. 너 나 할 것 없이 사람들의 눈은 벌겋게 충혈되었다. 멍울진 굵은 눈물방울 너머로 사람들이 보였다. 온갖 빛깔과 형체의 옷으로 치장한 사람들. 그들의 무수한 꽃다발에서 가득 뿜어 나오는 꽃향기. 길고 고단한 수련회를 마친 사람들을 환영하러 온 인파였다. 박수와 환호 소리. 그것은 천국이었다. 신이 지상에 내려준 천국.

2.

조종실 앞 유리창을 무심히 바라보고 있던 승원이 시계를 보았다.

"도착 삼십 분 전이네. 간단히 브리핑합시다."

"예. 기장님."

부기장 장학영이 자세를 고쳐 앉으며, 조종석 오른쪽 폴더에 꽂아두었던 파일을 꺼냈다.

"솔로몬 공항의 계기착륙장치 주파수가 110.3, 비행코스가 063도, 지금 시정이 4,000미터는 된다니까, 시계비행도 가능하겠어. 음, 아까 이야기했던 대로…."

승원은 여기서 잠시 말을 끊었다. 비행기와 활주로의 거리를 측정케 하는 VOR(전방향 무선 표지 시설)은 보통 활주로 끝에 있기 마련이었다. 그러나 이 공항은 활주로 전방 3마일 산 위에 있었다. 그러니까 거리를 나타내는 계기가 0에 이른 다음에도 삼 마일을 더 날아가야 활주로에 닿을 수 있었다. 물론 이미 알고 있는 사실이니 별 문제야 없겠지만 조금은 혼란스러웠다. 그는 브리핑을 계속했다.

"한…… 백오십오 마일 지점 정도부터 내려갈게요. 음, 속도 줄면 항공기가 확 떨어지니까, 스피드 좀 내지. 음, 글라이드 슬롭(착륙 시 비행기 활공각을 자동적으로 유도해주는 장치)이 고장 났다니까 고도를 수동으로 잡아 내려가야 해요. 다른 것은 큰 문제없어. 우리 커피나 한잔 합시다. 야간비행은 힘들어. 피곤하네."

장학영이 인터폰을 들어 객실 여승무원에게 커피를 부탁했다. 승원은 까닭 없이 음울했다.

"부기장. 저 두 개의 태풍도 분명 하나님이 만들어낸 것이겠지?"

학영이 잠시 머뭇거렸다.

"그야, 그렇지 않겠습니까?"

"신은 왜 저런 걸 만들어낸 거야? 인간을 구원하는 게 신의 임무 아냐?"

부기장은 대답하지 못했다. 누구도 대답할 수 없는 질문이었다.

"종교라는 거 인간이 만들어낸 게 아닌가 싶어. 신이 저렇게 고약한 짓을 할 리가 있나."

"참. 기장님도. 인간은 하나님의 창조물에 불과합니다. 풀 한 포기 만들어낼 수 없는 인간이 어떻게 신을 만들어낼 수 있겠습니까?"

그의 말이 맞을지도 몰랐다. 적어도 그땐 그랬다. 일주일간의 수련회를 마치고 기도원을 다시 찾았다. 마지막 날의 찬란한 빛을 잊지 못했다. 그것은 영광이었고 찬미였다. 승원은 기도원 뒷산에 올랐다. 저녁노을이 서쪽 하늘을 온통 불태우고 있었다. 장엄했다. 단풍나무, 은행나무, 소나무 온갖 수목이 그 장엄한 하늘을 향해 솟아올라 소리 없이 타오르고 있었다. 그 사이 우뚝 솟은 새하얀 십자가. 그는 가슴이 벅차오름을 느끼며 카메라를 들었다. 이 경건한 순간을 오래 간직하고 싶었다.

집으로 돌아와 현상을 한 뒤, 사진을 들여다보던 승원은 소스라치게 놀랐다. 십자가 뒤편에 노랗고 붉고 푸른 원반이 선명히 떠올라 있었다. 프레스코화 성인의 모습에서 흔히 보아온 성스런 원형의 띠. 수련회 마지막 밤의 새하얀 빛살과 우주를 불사르는 태양, 그리고 십자가 뒤의 영롱한 원반. 이 모든 것들이 심상치 않게 느껴졌다.

새벽 2시 23분, 항공기의 고도는 41,000피트였다.

"자, 이제 내려가지. 비행기 공항에다 대놓고 술 한잔 하자구."

승원의 지시가 끝나자 부기장 장학영은 통제소와 교신을 시작했다.

"솔로몬 센터. 파랑새 항공 611편, 현 고도 41,000에서 2,600으로 하강하겠다."

장학영은 자동조종장치의 고도계 손잡이를 돌려 고도를 낮췄다. 승원은 시트 손잡이를 잡고 자리를 조정했다. 아무래도 조종석 의자가 불편했다. 조금 높이면 너무 높은 듯 갑갑했고 조금 낮추면 너무 낮은 것 같아 못마땅했다.

"고도계 기압치를 2,986으로, 항공기 속도를 134노트로 놓겠습니다."

승원은 께름칙한 기분을 털어내 버리기라도 하려는 듯 썩 입맛을 다시며 말했다.

"저기 뭐가 많이 있다."

"그러게요. 적란운이 저렇게 모여 있으니 고생깨나 하겠는데요."

"부기장. 하나님께 부탁 좀 해주지. 우리 좀 편안히 내리도록."

"그렇지 않아도 내내 기도하고 있었습니다. 마음이 편해지거든요."

"도대체 알 수가 없어."

"뭐가요?"

"신 말이야. 하나님. 정말 신이라는 게 있는 거야?"

"당연하죠."

"있다면 있겠지. 그런데 도대체 신은 누구 편이야?"

"당연히 인간 편이지요."

"아무리 생각해도 신은 우리 편이 아니야. 아까도 말했지만 후쿠시마 쓰나미. 무섭고 어이가 없었네. 한순간에 도시가 없어지고 그 많은 생명들이 아무런 이유도 없이 바닷물 속으로 쓸려가도 좋은 것인가? 허리케인, 화산 폭발, 대지진…. 그것들이 창조주 하나님의 작품이라고 믿기엔 어이가 없어. 그것뿐인가? 신은 또 인간들을 온갖 전쟁과 테러 속에 밀어 넣지 않느냔 말이야. 십자군에서 자살폭탄까지…. 도대체 신의 정체가 뭐야?"

"글쎄요. 아직 거기까진 생각해보지 않았습니다."

기상레이더를 바라보던 장학영이 눈살을 찌푸리며 말했다.

"저기……. 기상이 정말 안 좋네요, 기장님."

부기장의 말에 따라 힐끗 기상레이더를 살펴본 윤승원은 왼쪽으로 고개를 틀어 기창 가까이 머리를 들이밀었다. 거센 빗줄기가 두터운 어둠 속에서도 새하얗게 빗금을 긋고 있었다.

"야! 비 많이 온다."

3.

캄캄한 어둠의 연속이었다. 시간은 느리게 흘러갔다. 그냥 밤이 아니라 살기 어린 음모 같은 시간이었고 공간이었다. 몸의 부피를 제멋대로 늘린 구름은 언제든 비행기를 휘어잡을 기세로 퍼져 있었다. 문자 그대로 괴물 그 자체였다. 착륙까지는 약 17분 정도 남아 있었다. GPS와 기상레이더 스크린을 번갈아 들여다보던 부기장이 말했다.

"기장님. 여기서 오른쪽으로 나가야 되지 않을까요?"

승원은 계기반에 나타난 커다란 비구름을 한동안 바라보았다. 수직으로 10킬로미터는 솟아 있을 적란운이 항공기의 진행방향을 막고 서 있었다.

"예. 그렇게 합시다. 요청하세요. 오른쪽 갔다, 왼쪽 나가야 되네."

승원이 기상레이더 위로 손가락을 이리저리 움직이며 말했다. 지시를 마친 승원은 시선을 기창으로 돌렸다. 간간이 번개가 들이칠 적마다 마구잡이로 뒤엉켜 있는 구름의 모습이 보였다. 바깥은 어떤 세상일까? 만약 창밖에 매달려 저 비바람을 온몸으로 맞고 있다면 어떤 기분이 들까?

"솔로몬. 나라 이름이 멋있어요. 꼭 동화 속 나라 같잖아요."

"풍광이야 아름답기 그지없지. 한데 그곳이 이차대전 격전지였어. 살육의 현장. 거기 정글 속 나무들은 모두 다 사람들이 흘린 피를 빨아 먹고 자랐을 거야."

부기장 장학영이 공연히 조종석 시트를 움직여 보였다. 긴장한 기색이 역력했다.

"야, 오늘 기상레이더 덕 많이 본다."

"예, 좋긴 좋아요. 이게 없었더라면 한순간 폭풍에 휘말릴 게 뻔하죠. 옛날 조종사들은 어떻게 했을까요? 장차 무슨 일이 일어날지도 알지 못하면서."

"기수를 160도 방향으로 틀겠다고 요청하세요. 좀 나을 거야."

부기장이 라디오 마이크를 들었다.

"솔로몬 센터. 파랑새 611편이다. 160도 방향 오른쪽으로 비행하길 원한다."

—좋다. 승인한다.

승원은 레버를 돌려 160으로 잡는다. 비행기가 오른쪽으로 기울며 조금씩 고도를 낮추어가고 있었다. 항공기는 덜컹거렸지만, 객실은 조용한 듯했다. 승객들도 비바람으로 가득한 허공을 바라보고 있을 것이었다. 비행기의 맨 앞쪽에 앉은 두 조종사에게 자신들의 운명을 맡기고 조금은 불안한 침묵을 유지하고 있을 터였다. 그것을 생각하니 문득 두려워졌다. 한낱 인간으로서 누군가의 목숨을 책임지고 있다는 것이 얼마나 우스꽝스러운 일인가.

"그래. 이렇게 이리로 들어가면은……."

승원이 조종간을 움켜잡으며 말했다. 잘하면 오전 2시 40분, 정시에 도착할 수 있었다. 앞으로 남은 십 분, 그것이 마의 시간처럼 여겨졌다.

"정시에 맞춰 들어갈 수 있을 것 같아. 호텔 가서 사우나하고 푹 쉬자고."

승원이 부기장 학영을 돌아보며 말했다. 조금 긴장해 있는 듯한 그의 기분을 누그러뜨릴 필요가 있어서였다.

"구름을 빠져나왔는데 바람이 더 불어요. 공항은커녕 도시 불빛 하나 보이지 않구요."

"타워에 레이더 유도 부탁해."

"솔로몬 관제소, 파랑새 항공 611편, 찰리 브라보(CB, 비구름)에서 나왔다. 6번 활주로로 레이더 유도 부탁한다."

—파랑새 항공 611, 120도로 비행하라.

"날씨가 나쁘긴 하지만 아무 이상 없이 착륙할 수 있을 거야. 비행기는 인류 최첨단 과학문명의 산물이란 말이야. 이까짓 악천후쯤은 이길 수 있어."

4.

새벽 2시 33분. 인천공항을 떠난 지 벌써 4시간 10분을 지나고 있었다. 지금쯤 공항 활주로의 영롱한 불빛이 저만치서 보여야 했다. 그러나 어디에서도 불빛은 보이지 않았다. 악마의 숨결 같은 어둠과 두터운 구름 그리고 단숨에 비행기를 팽개쳐버릴 듯 맹렬하게 몰아치는 비바람이 있을 뿐이었다. 피곤했다. 평소 같으면 가까이 있는 유원지를 다녀오듯 간단히 마칠 수 있는 비행이었지만 오늘은 턱없이 피곤했다. 아니 불길했다.

"어! 저기 저 왼쪽에 있는 거, 비구름 큰데?"

승원이 왼쪽 유리창에 눈을 바짝 가져다 대며 말했다.

"이거 갈수록 심해지겠는데요?"

"저고도에 내려가면 조금 약해지겠지. 자네 하나님께 부탁 좀 해봐."

그리고 두 사람은 침묵했다. 세상 모든 것들이 흔들리고 있었다. 하늘도 공기도 구름도, 땅인들 가만히 있을 것 같지 않았다. 승원은 이번 비행이 싫었다. 두 개의 태풍이 세상을 온통 휘젓고 있는 상황에서 수많은 사람과 고가의 화물을 싣고 공중을 떠다닌다는 것은 내키지 않은 일이었다. 하지만 거절할 수는 없었다.

삐! 삐! 거친 소리가 들렸다. 고도경보였다. 승원과 학영은 서로를 돌아다보았다. 그러다 다시 고개를 돌려 정면을 응시했다. 고도는 정상이었다. 정상 고도를 비행하고 있는 만큼 경보는 계기의 오작동이라 결론을 지었다. 있을 수 있는 일이었다.

순간 비행기가 뒤우뚱 하더니 고장 난 에스컬레이터처럼 급상승을 시작했다. 마치 용수철 위에 오른 듯했다. 그리고 다음 순간 곤두박질을 하더니 수면 위에 떨어진 두레박처럼 일정 고도를 유지하며 격렬히 출렁거렸다. 바람 때문이었다. 거센 바람이 항공기의 위아래서 공격을 하고 있었다. 고도계 바늘은 3,000에서 거칠게 흔들렸다.

착륙까지는 불과 5분. 아직도 공항의 불빛을 볼 수 없는 것이 께름칙했다. 하지만 인간의 최첨단 과학문명이 만들어낸 계기와 온갖 복잡하고 정교한 장치가 그를 목적지까지 안전하게 데려다줄 것을 승원은 확신했다. 항공기가 오른쪽으로 기울었다. 기기긱—. 낮고 경쾌한 소리를 내며 수평미익이 돌아가고 있었다.

"강하고 담대하라. 두려워하지 말고 놀라지 말라. 내가 네게 명령한 것이 아니냐."

제법 긴 구절의 그 말은 학영의 기도였다. 승원은 학영을 힐끗 쳐다보았다. 학영은 독실한 개신교 신자였다. 독실하다는 말은 부족하였다. 광신이라는 말은 사용하고 싶지 않았지만 아무튼 강한 집착과 굴종이 그에겐 있었다.

"어, 시원하겠다."

승원이 창밖을 내다보며 말했다. 저 비바람 속에서 살아날 것이 있을까. 순간 그의 머리를 스쳐간 생각이 있었다.

"성도님. 이건 기적의 사진입니다."

승원이 원반이 찍힌 십자가 사진을 들고 달려갔을 때, 기도원장의 눈이 휘둥그레졌다. 잠시 눈을 감고 허공을 향해 기도를 올리고 난 그는 감격에 겨운 목소리로 말했다.

"이걸 할로라고도 하고 님부스라고 하기도 합니다. 우리말로 옮기면 후광이죠. 성인이나 위대한 사람의 머리를 에워싸고 있는 원형의 신성한 빛입니다. 기독교 황제들의 상징으로 쓰이기도 했죠. 한데 중요한 것은 이것이 그리스도의 상징이라는 사실입니다. 이 사진은 우리 기도원에 주님께서 강림하셨다는 확실한 증거입니다. 감사합니다. 감사합니다."

원장 목사는 거의 무릎을 꿇은 자세로 승원의 손을 부여잡고 말했다. 사람들이 몰려왔다. 부원장이 찾아오고 사무장이 달려오고 여러 봉사자들과 그곳에서 기숙을 하고 있는 무의탁 노인들과 장애인들이 다리를 절룩거리며 달려왔다. 붉게 충혈된 그들의 눈에선 눈물방울이 흘러내리고 있었다. 그 사진은 곧 수천 수만 장으로 복사되어 전국으로 퍼져나갔다. 미국, 캐나다 등 세계 각지에 있는 관련 교회와 후원단체로도 날아갔다.

"기장님. 아니 이거…… 글라이드 슬롭…… 포착…… 했습니다."

그도 재빨리 조종석 앞 계기반으로 시선을 돌렸다. 정말 글라이드 슬롭이 떠 있었다.

"어떻게 된 거야. 분명히 그거 고장 났다고 했잖아."

"혹시 그 사이 정상으로 돌아온 거 아닐까요?"

만약 글라이드 슬롭이 정상이라면 문제될 것이 없었다. 미끄럼틀을 타듯 비행기는 정해진 코스를 따라 스르르 미끄러져 내려갈 것이었다.

5.

—파랑새 항공 611편, 6번 활주로로 계기착륙 방식의 접근을 허가한다. 글라이드 슬롭은 사용할 수 없다.

착륙 4분 전. 비행기는 2,600피트 상공에 있었다. 항공기의 기수는 눈에 보이지는 않았지만 활주로 중앙선과 일치된 상황이었다. 글라이드 슬롭을 사용할 수 없다는 관제사의 말과는 달리 사라졌던 글라이드 슬롭이 다시금 살아났다. 글라이드 슬롭은 항공기의 적정 고도를 유지시켜주는 중요한 장치이다. 혼란스러웠다.

"되네? 글라이드 슬롭. 아무튼…… 무시해."

그렇게 말은 했으나 그도 자신을 할 수 없었다. 아무튼 글라이드 슬롭은 다시 작동을 시작했고 항공기는 정상 고도에서 안정된 자세를 취하고 있음을 가리키고 있었다. 승원은 머리를 흔들었다. 첨단 계기를 불신할 수는 없었다.

"그런데 왜 나오죠?"

학영이 눈살을 잔뜩 찌푸렸다.

"일단 가보자고. 활주로 전방 식스 마일. 랜딩기어 다운."

승원의 말과 함께 착륙 바퀴가 육중한 덜커덩 소리와 함께 내려졌고 계기반에 파란 불이 들어왔다. 승원은 조종간을 앞으로 밀었다. 파랑새 항공은 2,600피트 고도를 이탈하여 활주로를 향해서 내려가기 시작했다.

승원은 잠시 말을 끊고 학영을 바라보았다.

"부기장, 커피 한잔 하자."

"기장님, 커피를 너무 자주 드시네요."

"피곤해서 그래. 정신도 바짝 차려야 하고."

승원은 인터폰을 들어 객실승무원과 통화를 했다.

"여기 커피 한 잔하고 물 한 잔 부탁해요. 얼음 잔뜩 넣어서."

곧바로 문이 열리며 승무원이 얼굴을 디밀었다. 사무장을 맡고 있는 여승무원이었다. 그녀의 몸에서 번져 나오는 그윽한 향기가 가슴을 훈훈하게 덥혀주었다.

"비행기가 흔들리는데 기내 상황은 어때요?"

"괜찮은데…… 어린 애기 하나가 자꾸만 울고 보채는 바람에 승객 몇 분이 짜증을 내고 있어요."

"그럴 테지. 모두들 신경이 날카로울 테니까."

"예쁜 여자아이예요. 저희가 잘 돌볼 테니까 걱정 마세요, 기장님."

그녀의 환한 미소는 조종실의 긴장을 잠시 누그러뜨렸다.

"좌석벨트를 다 매고 있는지 꼼꼼히 확인해줘요. 이제 곧 활주로에 갖다 댈 거야. 나비처럼 부드럽게."

비행기는 고도 2,000피트에서 다소 거친 하강을 하고 있었다.

"으음…… 글라이드 슬롭이 또 들어왔어."

기장이 글라이드 슬롭 스크린을 바라보며 말했다.

"우리가 파이널(착륙을 위한 마지막 활강구간)에 진입해서 글라이드 슬롭이 작동되는 것은 아닐까요?"

솔직히 글라이드 슬롭에 대한 미련을 버릴 수가 없었다. 다른 계기에 의존해서 고도를 잡아가고는 있지만 그것은 복잡한 절차와 판단을 요구하는 일이었다. 이 폭풍우 속을 눈을 감고 내려가고 있는 듯한 두려움에서 헤어나지 못했다. 글라이드 슬롭의 오작동이 전혀 새로운 일은 아니었다. 라디오 같은 전자제품에 의해서 전파간섭이 일어날 수 있었다. 비행기 외부에서 방출된 전파가 그런 장난을 일으킬 수도 있었다. 아니면 솔로몬 공항의 고장 난 송신시설이 오작동을 일으켜 엉뚱한 신호를 보낼 수도 있었다.

"고도 1,400에 진입하고 있습니다."

얼음 알갱이를 우두둑 씹으며 학영이 말했다.

6.

새벽 2시 40분. 착륙 2분 전이었다. 밤은 깊을 대로 깊어졌고, 겹겹이 쌓인 구름은 여전히 지상의 모든 불빛을 차단하고 있었다. 승원이 손바닥에 배어든 땀을 닦으며 말했다.

"으음, 고도 1,440을 지켜야 되니까, 그렇게 세트하시고…."

"예."

답하는 학영의 숨결에 묻어 새어 나오는 소리가 있었다. 기도 소리였다. 평소 장학영의 맹신적 신앙을 탐탁지 않게 여기던 승원이었지만, 지금은 적절하게 느껴졌다. 활주로가 코앞에 다가왔을 터였지만 불빛 하나 보이지 않는 불안한 상황이 계속되었다. 그때 관제탑의 교신이 들려왔다. 기계에 의하여 변색된 소리였으나, 인간의 목소리를 듣는다는 것이 반가웠다.

―파랑새 항공 611편, 헨더슨 타워를 접촉하라.

"저놈들, 땅바닥에 발을 딛고 산다는 게 얼마나 행복한지 모를 거야."

온몸으로 퍼져나간 긴장감을 억누르며 승원이 말했다. 학영은 굳어진 채로 예, 하고 대답할 뿐이었다. 어쩌면 그는 이 폭풍우를 하나님이 노한 증거라고 생각할 것이었다.

풀 업! 풀 업! 경보가 울렸다. 고도가 낮으니 조종간을 당기라는 소리였다. 고도계를 확인했다. 계기반의 숫자는 정확히 1440에 멈춰 있었다. 이상했다. 모든 것이 이상하게 돌아가고 있었다.

"아무래도 정비를 해야 할 것 같습니다. 경보시스템에 문제가 있는 것 같아요."

학영의 말에 무어라 응답할 틈도 없이 착륙허가가 떨어졌다.

—파랑새 611, 여기는 타워, 6번 활주로 착륙을 허가한다. 풍향 090도에 7노트.

반가운 소리였다. 이제 곧 호텔로 돌아가 뜨거운 물에 몸을 담그고 목욕을 하고 나서 단잠을 잘 수 있다는 소리였다. 승원은 자세를 고쳐 잡았다.

"활주로 보이나 잘 봐."

부기장 장학영은 유리창을 뽀드득 소리가 나도록 닦았다. 그리고 머리를 들이밀어 아래를 살폈다.

"안 보입니다."

보일 리가 없었다. 지독한 구름과 물안개가 세상의 모든 빛을 다 빨아 삼킨 뒤였다. 그렇다 해도 이상했다. 거의 지상을 스칠 정도까지 내려왔는데도 활주로의 불빛은 보이지 않았다. 미증유의 악천후가 공항에 정전사태를 가져온 걸까.

"활주로는 코앞에 있을 겁니다. 기창에 와 닿는 빗줄기가 훨씬 굵어졌잖습니까."

학영이 유리창에서 머리를 떼지도 않은 채 말했다.

"기장님. 이러다 기습적으로 하강기류라도 만나는 거 아닐까요?"

학영의 말이 옳았다. 열대지방의 폭풍우 속에서 하강기류를 만나는 것은 다반사였다. 그렇게 되면 항공기는 돌팔매질을 당한 것처럼 땅바닥에 내동댕이쳐지고 말 것이다.

"잘 살펴봐. 하다못해 시가지 불빛이라도 보일 거야."

고도경보가 다시 울렸다. 두 사람은 서로의 얼굴을 쳐다보았다. 어안이 벙벙한 얼굴이었다. 도대체 경보가 울릴 상황이 아니었다.

"기장님. 혹시…… 우리가 산을 넘지 못한 것은 아닐까요? 지금 고도가 1,400인데, 경보가 울릴 까닭이 없잖아요."

승원은 생각을 모았다. 항로상에 있는 공항의 남쪽엔 600피트 정도의 고지가 있다. 고장 난 글라이드 슬롭도 거기에 있었다.

"지랄맞을 경보 같은 것을 어떻게 믿나. 지금은 하늘도 땅도 기계도 정상이 아냐. 다 미쳐버렸다고. 믿을 것은 우리밖에 없어. 자네와 나."

간신히 붙들고 있던 사고의 실타래가 마구잡이로 뒤헝클어지며 까닭 없는 분노가 머리끝까지 치솟았다.

그 시절 승원은 하나님의 아들로 살고자 결심했다. 자신이 찍은 기적의 사진은 아내를 향한 뜨거운 참회와 고뇌에 하늘이 응답한 것이라고 생각했다. 기적의 전달자. 새로 태어난 기분이었다. 기뻤다. 너풀너풀 춤이라도 추고 싶었다. 그는 사진관으로 달려갔다. 기적의 사진을 만들어준 사진관 사장에게 감사를 해야 한다고 생각했다. 사진을 내밀자 그가 씨익 웃었다. 그의 말은 의외였다.

"손님. 이건 역광 때문에 일어난 현상입니다. 그날 태양 쪽으로 사진을 찍으셨죠? 발광체 쪽으로 엇비슷하게 카메라를 대면 빛이 꺾여 들어와 이런 현상을 만들죠. 자세히 들여다보세요. 이게 원형인 거 같지만 좀 큰 팔각형을 이루고 있잖아요? 카메라 조리개 흔적입니다."

너무나 큰 충격이었다. 감격에 겨운 원장과 울부짖듯 기도를 하던 원생들의 모습이 불같이 떠올랐다. 이를 어찌 해야 할까?

며칠 머리를 싸매고 고민을 한 후 승원은 기도원을 찾아갔다. 기도원장 목사는 묵묵히 말을 듣고 있었다. 뭔가 표정의 변화가 몇 차례 스쳐지나갔지만 그는 끝내 한마디 말도 없었다. 마음의 짐을 하나도 덜어내지 못한 채 승원은 원장실을 나왔다.

"성도님."

바삐 그를 부른 것은 기도원 사무장이었다. 기도원장과 대화를 나누는 동안 곁에서 내내 듣고 있던 그는 승원을 조용한 방으로 끌고 갔다. 장식 하나 없이 갈색 나무십자가에 의자 서너 개만 덩그러니 놓인 방이었다.

"성도님. 어쩌면 성도님 말이 맞을 수 있어요. 나도 사진을 좀 압니다. 이 사진 속의 원반이 기적의 원반이 아니라 역광으로 생겨난 현상일 수도 있어요. 처음 사진을 보는 순간 그런 생각이 들었어요. 하지만 그게 어떻다는 겁니까? 하나님께선 그런 식으로 역사하시는 게 아닌가요? 기적이라는 게 자연현상을 통해서 혹은 인간의 어떤 구체적 행동을 통해서 나타나는 것이지 번갯불처럼 하늘에서 뚝 떨어지는 게 아니라 그 말입니다. 지금 이 사진 때문에 우리 교계가 발칵 뒤집혔어요. 우리 기도원은 성지가 되었단 말입니다. 국내뿐만 아니라 세계 각지에서 성금이 답지하고 찾아오겠다는 사람들의 요청이 쇄도하고 있어요. 성지순례죠. 이제 우리 기도원은 하나님이 직접 역사하시는 현장이에요. 그런데 이 사진이 가짜라고 하면 어떻게 되겠어요? 설마 주님의 영을 갈구하는 가련한 성도들의 마음에 찬물을 끼얹으려는 것은 아니겠지요? 그건 죄악입니다."

아무 말도 할 수 없었다. 돌아서는 승원에게 기도원 사무장은 오금을 박듯 말했다.

"……앞으로 성도님께선 우리 기도원을 더 이상 찾지 말아주시면 좋겠습니다. 우리들의 관계는 이미 끝났습니다. 성도님이 이 사진을 찍었다는 사실도 다 잊어주세요. 이건 원장 목사님의 뜻이기도 합니다."

7.

비행기가 이상하게 반응하고 있었다. 하강속도가 너무 빠르다는 경보가 울린 것이다. 지상과 그만큼 가까워졌다는 소리였다. 비행기는 분당 1,400피트의 속도로 하강하고 있었다.

"아뇨. 우린 이상 없이 날고 있어요."

부기장이 문제없다는 신호를 했다. 결코 지나친 속도가 아니었다. 사방은 너무나 어두웠고 쏟아지는 굵은 빗줄기 속에 비행기는 심하게 흔들리고 있었다. 바다에 블루홀이라는 게 있다. 평평한 바닷속 지면에서 갑자기 백 미터 이백 미터씩 땅이 푹 꺼진 거대한 구멍이다. 수많은 다이버들이 블루홀을 탐사하길 원했다. 그러나 그들 중 상당수는 살아 돌아오질 못했다. 구멍 내 물의 소용돌이 때문이라는 말도 있었고, 그 안에 사는 거대 심해어의 공격을 받기 때문이라고도 했다. 질소 중독으로 인해 다이버들이 힘을 쓰지 못하여 무기력하게 바닥으로 끌려가 결국 죽고 만다고도 했다. 지금 하늘이 그랬다. 금방 나타날 것 같은 활주로는 나타나지 않고 바닥 깊은 어둠 속으로 항공기는 끝없이 내려앉고 있었다.

—투 헌드레드.

경보가 날아왔다. 지표면까지 겨우 이백 피트 남았다는 소리다.

"아무래도 이상해요. 올라가시죠."

부기장 장학영의 목소리는 심하게 떨리고 있었다. 강력한 하강기류에 휘말린 것일까? 아니면 땅이 솟구치기라도 했단 말인가? 조종간을 불끈 쥔 승원의 손엔 힘이 들어가 있었다. 그가 조금만 힘을 가해 조종간을 잡아당기면 비행기는 굉음을 지르며 하늘로 치솟을 것이었다. 그러나 그러지 못했다. 무엇인가가 그의 팔에서 힘을 빼버렸다. 그 까닭을 스스로도 알지 못했다.

다시 날아오른다 해도 어디로 갈 것인가. 학영의 말대로 세상은 신이 주관하고 있었다. 그다음에 무슨 일이 일어나든 그건 신이 준비한 것일 터였다.

자신은 정해진 코스를 따라 정확히 날아왔다는 사실을 승원은 상기했다. 지금쯤 활주로 위에 비행기의 뒷바퀴가 닿을 듯 말 듯 날고 있어야 했다. 그런데 기창으로는 아무것도 보이지 않았다. 도대체 비행장은 어디에 있는 거야! 그 소리가 비명처럼 솟아났다. 아내의 얼굴이 보였다. 그저 바라보는 것만으로도 마음을 푸근케 하던 얼굴. 그 얼굴이 한껏 일그러지고 있었다. 춤을 추는 듯한 그녀의 몸놀림도 고통에 떠는 듯 비틀리고 있었다. 추상화처럼 일그러지고 비틀리고 분해되어버린 얼굴. 아내는 언제나 외로워했다. 우울증을 앓고 있다는 사실을 그녀는 부인했다. 그녀는 병원 대신 교회로 향했다. 자신을 구원해줄 절대자에게 모든 것을 갖다 바쳤다. 어느 날 비행에서 돌아왔을 때 아내의 모습이 보이지 않았다. 메모지가 한 장 화장대 위에서 발견되었다. 여보. 사람이 그리워요. 나도 아무렇지도 않게 사람들 속에 섞여서 웃고 떠들고 욕도 실컷 해보고 싶어요. 당신은 언제나 떠나 있잖아요. 혼자 있다는 게 무서워요. 잠은 오질 않는데, 수면제도 듣질 않아요. 사흘이 지난 후 아내는 바닷가에서 발견되었다. 한 어부가 말하길 머리를 길게 늘어뜨린 여자가 바다로 걸어 들어가더니 돌아 나오지 않았다고 했다.

"담대하라. 내가 너를 구원하리라."

학영의 짧고 날카로운 기도였다. 승원은 어금니가 으스러져라 깨물었다. 그의 따귀라도 한 대 갈겨주고 싶은 기분이었다. 9·11사태, 유나이티드 93편. 수많은 사람들을 죽음으로 몰고 가며 납치범이 외친 소리는 '알라는 위대하다' 였다. 과연 신이라는 게 있기라도 한 것일까? 신이 있다면 그는 누구를 위해 존재하는 것일까? 인간? 천만에. 그는 결코 인간의 편이 아니었다. 쓰나미와 화산과 홍수와 전쟁으로 스러져간 수많은 죽음이 그것을 증명하고 있었다. 만약 신이 있다면, 마음의 병을 호소하며 자신을 찾은 아내를 물가로 끌고 가지는 않았을 것이다. 만약 신이 있다면, 카메라 조작의 실수로 생긴 얼룩을 기적의 증거로 둔갑시킨 목사에게 명성과 돈을 몰아주지는 않았을 것이다. 모든 것이 엉망이었다. 폭풍우는 금방이라도 비행기를 던져버릴 듯이 까탈을 부렸고, 정교하고 정밀해야 할 계기는 제멋대로 돌아가고 있었다. 한 치 앞을 내다볼 수 없는 어둠은 지옥 그 자체였다. 신은 없다. 그가 내린 결론이었다. 암흑, 비, 바람은 신의 의지와는 상관없이 존재하는 것이었다. 비행기에 타고 있는 백마흔여 명의 승무원과 승객들, 그리고 물속으로 사라져버린 아내가 그랬듯 자신은 그와는 상관없이 존재하고 있었다. 이제 다른 누구가 아닌 자신이 이 난관을 헤쳐 나갈 것이었다. 고도경보기가 또다시 입을 열기 시작했다. 전보다 훨씬 급박하고 단호한 어조였다. 60…… 50…… 40. 조종실 문틈으로 어린 아이의 자지러지는 울음소리가 들려왔다. 우주가 일순간 정지

하는 것 같았다. 순간 그는 명징하게 깨달을 수 있었다. 어떤 이유에선가 항공기는 추락 직전에 있었다. 운명은 언제나 이렇게 찾아오기 마련이었다. 전혀 터무니없게, 한밤의 음험한 도둑처럼.

승원은 자동조종장치를 해제하고 수동으로 전환시켰다.

"고우 어라운드!"(상승!)

승원은 조종간을 힘껏 잡아당겨 기수를 높였다. 거의 동시에 손잡이를 잡아당겨 엔진 출력도 높였다. 그는 있는 힘을 다하여 기창 밖 어둠 속에 숨어 있는 어떤 에너지에 대항했다. 커다랗게 증폭된 엔진소리가 천지에 진동했고 구름 속 물방울까지 빨아 삼킨 제트엔진은 죽음의 늪 같은 어둠 속에 시뻘건 불길을 기다랗게 뿜어내기 시작했다.

불꽃

"기장님. 승객 백사십팔 명 탑승 완료했습니다. 다큐먼트가 도착하는 대로 도어 클로즈하겠습니다."

사무장의 목소리가 인터폰을 통하여 가느다랗게 흘러나왔다. 오후 3시 34분, 출발 예정시간보다 4분이 지난 시각이었다. 부기장 이민철이 왼쪽 눈을 찌그러뜨리며 박진호를 쳐다보았다. 관제탑에 출발 보고를 해도 좋겠느냐는 뜻이었다. 비행계획서를 들여다보던 진호는 말없이 고개를 끄덕였다. 부기장은 조종간에 달린 라디오 스위치를 눌렀다.

"사카린 그라운드(사할린 공항 자상관제실), 사카린 그라운드……."

그러나 무전기는 먹통이었다. 또다시 접촉 불량을 일으킨 모양이었다.

"에이씨, 이놈의 고물 비행기. 지난번에도 이렇더니…… 아직도 안 고쳤네. 돈 벌어서 뭐해? 비행기나 좀 사지."

부기장은 마이크로폰을 입 가까이 대고 신경질적으로 스위치를 다시 눌렀다. 조종실 천장 머리께에 박혀 있는 스피커에서 금속음이 지지직 뚫려나왔다.

"사카린 그라운드, 퍼시픽 에어, 나인 식스 원, 파이브 미닛 프라이어 투 스타트, 인천. 플라이트 레블 투 식스 제로, 오버."(사할린 관제탑, 여기는 태평양 항공 961편, 출발 5분 전이다. 목적지는 인천, 운항고도는 26,000 피트다.)

"퍼시픽 에어, 세이 스펏 넘버."(태평양 항공, 주기장 번호를 말하라.)

이 부기장이 조종석 유리창을 향하여 고개를 빼들고 두리번거렸다. 이제 서른네 살의 청년인 그는 이곳 사할린 공항이 처음이었다.

"삼십일 번이야."

진호가 주기장 번호를 일러주었다.

"사카린 그라운드. 스펏 넘버 서티 원, 오버."

"로저. 퍼시픽 나인 식스 원. 스탠바이 포 클리어런스."(알았다, 출발 허가를 대기하라.)

이제 가는 거야.

진호는 조종실 기창으로 밀려들어 오는 하늘을 우러러보며 낮게 중얼거렸다. 연청색, 남보라, 연주황으로 물든 구름이 거대한 양동이에서 허공을 향해 막 뿌려진 물길 같은 자태로 떠 있었다. 그 끝자락에서 하오의 늦은 햇살이 부옇게 터져 나오고 있었다. 영하 7도의 냉기가 감도는 사할린 하늘은 생경스러우면서도 아름다웠다. 따지고 보면 세상 어느 구석이든 아름답지 않은 곳이 없을 터였다. 내가 다시 이곳에 올 수 있을까? 문득 뇌리에 떠오른 그런 생각에 잠기며 비행계획서를 홀더에 끼웠다.

"박 기장. 당신 도대체 어떻게 된 거야."

다시금 그 소리가 가슴속에서 머리를 쳐들고 일어났다. 운항승무원 담당 황 전무로부터 전화를 받은 것은 한 시간 전이었다.

"대체 하희수라는 여자가 누구야? 지금 회사 홈페이지가 난리야. 당신도 당신이지만, 회사 얼굴에 아예 똥칠을 했다고. 지금 회사 사정이 어떤지 알기나 해? 발칵 뒤집어졌어요. 자네, 악플이라는 거 알지? 그게 얼마나 무서운 건지 아느냐고. 신진 항공사로서 회사 이미지는 생명과도 같은 건데 기장이라는 작자가 돌아다니면서 한다는 짓이……. 바람도 될 만한 사람을 붙들고 피워야지, 그렇게 사람 보는 눈이 없어? 쯧. 어쨌든 인천에 내리는 즉시 나한테 달려와. 사장님 찾아뵙고 어떻게 사정이라도 해봐야지. 그냥 두었다간 당신은 둘째 치고 내 목까지 잘릴 지경이라니까."

상념의 깊은 수렁에 빠져들던 어느 즈음 사무장의 목소리가 그를 흔들어 깨웠다.

"기장님, 항공기 문 닫겠습니다."

사무장의 말이 채 끝나기도 전에 삐익 하고 인터폰이 울렸다. 순간 가슴이 철렁했다. 한밤중 요란스럽게 울어대는 전화벨 소리에 놀라 깨어 일어난 기분이었다. 그라운드에서 누군가가 대화를 요청한 것이었다. 기내 청소를 하고 급유를 하고 화물을 싣고 여객을 태우는 등 복잡하고 분주한 지상 조업을 마치고 막 출발을 하려는 이 순간에 무엇인가 긴박하거나 중요한 일이 아니고는 누구든 전화를 할 리가 없었다.

"사무장. 잠깐 기다리세요."

진호는 짐짓 태연한 어조로 사무장 유난선에게 말했다. 삐—삐익—. 불과 이삼 초의 시간도 지나지 않아 인터폰 소리가 다시금 울렸다.

"캡틴. 캡틴. 디스 이스 그라운드."

억센 러시아 억양의 서툰 영어가 한순간 좁은 조종실을 가득 채웠다.

"말하라."

"정비사 폴락 라디스라예프다. 잠깐 내려와 보길……. 연료가 샌다. 넘버 투 엔진 파이런에서 연료가…… 새고…… 있다."

순간 가슴에서 쿵 하는 소리가 들리는 듯했다. 파이런은 날개에 엔진을 붙들어 매는 지지대였다. 그걸 통해서 날개 속 연료 탱크에서 항공유가 엔진으로 공급되게 되어 있었다.

"아니, 무슨 소리야. 연료가 새다니?"

몸을 벌떡 일으킨 부기장이 조종실 유리창에 머리를 들이밀고 뒤쪽을 돌아다보았다.

진호는 잠시 몸을 움직이지 못했다. 머리가 어지러웠다. 황 전무의 사나운 음성 속에 공포에 젖은 희수의 커다란 눈망울이 느닷없이 떠올랐다. 자신을 둘러싸고 있는 세상이 전혀 통제할 수 없는 어떤 곳으로 떠밀려가고 있는 듯이 느껴졌다. 몇 분의 시간이 지나고, 진호는 안전벨트를 풀고 조종실을 나섰다. 조종실 문을 밀치고 나서자 객실의 구석구석에서 사람들의 눈빛이 그를 향해 일시에 쏟아졌다. 트랩을 나서는 순간 바람이 바짓가랑이를 사정없이 잡아채었다. 연주황빛 석양을 머금고 있는 하늘과는 달리 지상은 춥고 을씨년스러웠다.

오른쪽 날개 아래엔 지상조업을 담당하는 직원들이 몰려 있었다. 정비복을 입은 남자 한 명이 사다리를 딛고 올라가 파이런 아래쪽을 바라보고 있었고 다른 한 명이 워키토키를 들고 누군가와 열심히 교신을 하고 있었다. 짙은 콧수염을 매단 그가 자신에게 연락을 했던 폴락이라는 사내 같았다. 진호는 천천히 그곳으로 다가갔다. 파이런의 덮개는 벗겨져 있었다. 과연 날개 바닥에서 엔진으로 연결된 지지대 아래쪽이 흥건히 젖어 있었고, 거기에서 떨어져 나온 연료가 거칠게 불어오는 바람에 사정없이 흩뿌려지고 있었다.

"부웅!"

폴락이 진호를 향하여 어깨를 으쓱해 보이며 양팔을 하늘을 향해 치켜올렸다. 이대로 갔다간 비행기가 폭발할 수도 있었다는 표현이었다.

"기름이 어디서 새는지 알고 있소?"

진호가 정비사에게 물었다. 그러나 영어가 서툰 러시아인 정비사에게 자신의 의사를 전달하는 데 애를 먹어야 했다.

"아이 돈 노우."

폴락은 어깨를 으쓱해 보이며 무어라고 말을 계속했다. 러시아어인지 영어인지 구분할 수조차 없는 그의 말을 해석해내는 데 힘이 들었다.

"그래 날개를 뜯어봐야 알 수 있다 그 말이오?"

폴락이 고개를 끄덕였다. 그의 말은 오늘은 이 비행기를 끌고 갈 수가 없다는 이야기였다. 어쩌면 한국으로부터 정비 인원과 장비 그리고 부품을 가져와야만 할 수 있을지도 몰랐다. 그러자면 사나흘은 걸릴 수도 있었다. 한마디로 대형사고였다.

"미스터 폴락. 일단 연료탱크에서 연료를 빼냅시다. 그렇게 해서 어디에서 연료가 새는지 체크해봐요."

진호는 허청거리는 걸음으로 기내로 돌아왔다. 사무장 유난선이 근심 어린 눈빛으로 다가왔다.

"사무장. 아무래도 승객을 대합실로 하기시키는 게 좋겠어.

수리를 하자면 시간이 걸리겠어. 어쩌면 오늘 안엔 어려울지도 몰라."

주황색 햇살이 좁은 조종실 안으로 스며들어 와 있었다. 그 빛살의 끝자락에서 진호는 자신의 모자를 발견했다. 그것은 조종석과 기체의 벽 사이 옹색한 공간에 아무렇게나 쑤셔 박혀 있었다. 진호는 모자를 집어 들고 어루만져보았다. 새의 날개가 금빛으로 새겨진 모자창의 까슬까슬한 감촉이 가슴까지 파고들었다. 인천공항에 내리는 즉시 나에게 와. 기장이라는 작자가 순진한 여자 유혹해서 남의 가정을 파탄지경에 빠뜨리고 말았다니 이게 말이나 되는 소리야? 황 전무의 고함소리 뒤를 이어 무수한 기억의 파편들이 꼬리를 물고 쏟아져 나왔다.

지난해 봄이었다. 3월 아니 4월이었던가. 불과 일 년도 채 되지 않은 일이 기억도 나지 않을 만큼 아득히 느껴졌다. 진호는 필리핀 비행을 마치고 나흘만에 돌아왔다. 택시에서 내리기가 무섭게 갈 곳이 없다는 생각이 들었다. 자신을 집 앞까지 데려다 놓은 운전기사가 원망스러웠다. 그는 술집을 찾았다. 카트엔 여행용 가방이 그대로 묶여 있는 채였다. 그날따라 아내의 부재가 더욱 크게 느껴졌다. 아내는 암스테르담에 있었다. 아이가 없는 아내는 여행을 좋아했다. 언제나 떠나고 싶어 했고 언제나 떠나 있었다.

"언제 우리가 제대로 된 대화를 나눠본 적이 있어요? 우리에게 무슨 공통점이 있나요? 당신에겐 그저 비행기, 시간, 날씨, 이런 게 중요하죠. 당신은 사람이 아니라 무슨 복잡한 기계 부속품 같아요. 난 어느 집에서 맛있는 요리를 파는지, 어느 백화점에서 무슨 세일을 하는지가 궁금한 보통 여자예요. 안개가 끼거나 비가 내리는 날 어디 한적한 바닷가라도 가서 와인이라도 한 잔 했으면 하는 나에게 당신은 발끈 화를 내곤 했죠. 안개는 당신의 적이라면서요. 당신이 조종사라는 사실을 빼곤, 내가 당신에 대해 알고 있는 것은 아무것도 없어요. 오히려 길 가다 만난 사람들을 이해하는 게 더 쉽죠."

밤 9시. 술집을 나와서 진호는 비척거리며 한참을 걸었다. 술기운과 함께 찾아온 허전함에 자신의 몸이 늪 속으로 자꾸만 가라앉는 느낌이 들었다. 여기가 어디쯤일까? 분명 자신이 사는 동네인데도 알 수가 없었다. 그러고 보니 자신의 동네에 대하여 아는 것이 별로 없었다. 붉은 벽돌로 된 교회의 담벼락에선 이끼 냄새가 났다. 그는 담벼락에 코를 디밀고 이끼 냄새를 빨아 삼켰다. 깊고 축축한 그러면서도 알싸한 냄새가 단숨에 가슴을 적셨다. 어둠 속에 지펴 있는 안개를 한동안 응시하던 그는 휴대폰을 꺼내 들었다.

"네."

전화기에선 뜻밖의 여자 음성이 흘러나왔다. 지난번 비행 때 만났던 여자. 아내에게 건화를 건다는 것이 번호를 잘못 누른 것이었다. 아니 그녀의 전화번호는 어느새 자신의 뇌리에 내장

되어 있었던 것인지도 몰랐다. 지난 사흘 내내 그녀는 먼 산에 피어오르는 가는 연기 같은 모습으로 그를 사로잡고 있었다.

그녀를 만난 것은 불과 사흘 전이었다. 중국 청도 공항을 이륙하여 30분쯤 지났을 때 사무장으로부터 긴급한 연락이 왔다. 기내에 환자가 생겼다는 것이었다. 그는 조종실을 나와 몸이 아프다는 승객에게로 다가갔다. 여자는 하얗게 질려 있었다. 질리다 못해 반쯤 투명해 보였다. 숨을 제대로 쉴 수가 없는 듯 가쁜 숨을 몰아쉬고 있었는데 그때마다 눈가에 주름이 깊게 패고, 이마엔 식은땀이 솟아났다. 달리 어디가 불편하거나, 평소 앓고 있던 병은 없었다. 그녀의 건강상태를 정확히 헤아릴 수는 없었으나 불안과 공포에 짓눌려 있음은 분명했다. 진호는 승무원에게 찬물을 가져오도록 했다. 플라스틱 컵 가득히 들어 있는 물을 단숨에 들이키고서 여인은 가늘게 눈을 떴다. 물기에 젖은 눈망울에 어려 있는 것은 짙은 공포였다. 비행공포증. 환자의 상태에 따라 비행기를 돌려 가까운 공항에 착륙해야 할 수도 있었다. 그러나 진호는 비행기를 돌리는 대신 그녀를 조종실로 데려갔다. 그리고 가슴까지 시퍼렇게 물들일 것 같은 쪽빛 하늘과 장난을 치듯 기창을 쓸며 휙 스쳐가는 구름 그리고 그 드넓은 세상에 금가루 같은 빛을 뿌리며 축복처럼 떠 있는 태양을 보여주었다.

"보세요. 세상은 밝고 아름답잖아요? 공연히 좁은 마음속에 갇혀 지내지 마세요."

여자는 한동안 기창 밖에 펼쳐진 세계를 말없이 바라보았다. 그녀는 청도에서 사업을 하고 있는 남편을 만나고 오는 길이라고 했다. 그곳에서 사흘을 머무는 동안 그녀는 내내 남편의 고함과 욕설에 시달려야 했다. 남편은 너무나 폭력적이었다. 그런 남편이 두렵다고 말하는 그녀의 눈망울에 다시 공포의 잔상이 드리워지고 있었다.

정비사들은 연료가 새는 위치를 찾아내지 못하고 있었다. 그들이 하는 일이라곤 헝겊으로 파이런에 흘러내리는 커피색 연료를 닦아내는 일뿐이었다. 승무원들은 항의를 하고 호통을 치는 승객들을 달래느라 진땀을 빼고 있었다. 임시 취항지인 사할린 공항에는 한국 본사에서 온 직원이 없이, 러시아 측 항공사 직원들이 모든 업무를 맡고 있었다. 하지만 말도 통하지 않는 그들을 붙들고 있어 봐야 아무런 소용도 없었다. 그래서 사람들은 승무원들에게 달려갔다. 사람들은 언제 비행기가 갈 수 있느냐고 물었지만, 어디에서 연료가 새는 것인지도 모르는 상황에서 그들에게 해줄 말이라곤 아무것도 없었다.

"이 비행기 고칠 수는 있는 거요?"

"고치긴 뭘 고쳐. 새 비행기 가져와야지. 연료가 샌다는데, 이걸 믿고 어떻게 타."

"이렇게 고물인 비행기는 처음 봤네. 지난번 출장 땐 이곳 사할린까지 일본 비행기를 타고 왔었는데 삐까번쩍하더라고. 하다못해 화장실 손잡이까지 반들반들해."

"엽전들 하는 게 다 그렇지 뭐. 이거 신생 항공사라고 하지만 따지고 보면 저가 항공사 아닌가? 다 우리가 싸구려 비행기 탄 죄지."

승객들은 저마다 한마디씩 던져놓고 한껏 늘어진 걸음으로 대합실로 향했다. 붉은 벽돌로 된 공항청사에는 수없이 많은 작은 창들이 달려 있었다. 19세기 말의 관공서를 보는 듯한 느낌이었다. 지붕에 삐죽삐죽 크고 작은 안테나들이 솟아 있어 어수선하고 우중충한 분위기를 연출했다. 진호의 마음도 우울했다. 당신은 사람이 아냐, 기곗덩어리지. 아내는 늘 그렇게 불평했었다. 하지만 수만 피트 상공에서 계기와 버튼과 레버로 가득한 한 평 남짓 공간에 목숨을 의지한 채 생의 대부분을 보내야 하는 그에게는 인간적 낭만과 여유로움을 누리며 살아갈 여지가 별로 없었다.

본사와 연락을 취하기 위해 정비사 사무실로 갔던 부기장과 폴락이 돌아왔다. 폴락은 좁은 조종실에 허리를 구부정하게 굽히고 들어서며 누런색의 종이쪽지를 진호에게 건넸다. 전문이었다. 인천 본사에서 날아온 전문엔 이렇게 적혀 있었다.

> 오른쪽 파이런에서 연료의 누출 현상이 그칠 때까지 오른쪽 탱크의 연료를 중앙 연료 탱크로 옮길 것. 연료 누출 현상을 막기 위해서는 오른쪽 탱크의 연료 잔량이 5.0톤 이하이어야 함. 이상과 같이 연료

를 비워낸 후에 파이런의 외벽에 실란트 PR1422를 바른 후, 충분한 시간 동안 연료의 누출 여부를 관찰할 것. 운항재개 여부는 그다음에 판단할 것임.

한 가지 해결방안은 찾은 셈이었다. 문제는 실란트 PR1422라는 특별한 이름이 붙은 정비품목이, 아무래도 절해고도 같은 느낌을 지울 수 없는 이 작은 공항에 있겠느냐 하는 것이었다.

진호는 시계를 들여다보았다. 오후 5시 13분. 바람이 불었다. 매섭게 불어오는 차갑고 축축한 바람에 지상의 모든 것들이 깃발처럼 나부꼈다. 연주황색 구름을 물길 같은 자태로 띄워놓던 하늘은 어느새 암회색 구름으로 가득 차 있었다. 이제 곧 눈이 쏟아질 기세였다. 공항청사 곁 가문비나무에 앉아 있던 새 한 마리가 오른쪽으로 길게 늘어선 숲을 향하여 날아갔다. 빠른 날갯짓이 곧 닥쳐올 어둠을 예감한 듯했다. 흰색 몸통에 은회색 날개 그리고 검정색 베레모를 뒤집어쓴 것 같은 머리를 한 박새였다. 공항 부근에서 점점이 서 있던 가문비나무는 코무토보 마을 근처에서 숲을 이루었고 급기야 1,023미터 마요르스카야 산의 허리를 뒤덮고 있었다. 보통 사람들에게 오후 다섯 시면 퇴근시간이었다. 진호는 자신도 이 시간 때쯤의 퇴근 물결에 휩쓸려보고 싶었다. 그에겐 퇴근 시간이 따로 정해져 있는 것이 아니었다. 한밤이든 새벽이든 짐을 싸 들고 나서면 그때가 출근이고 퇴근이었다.

북쪽에서 끊임없이 바람이 불어왔다. 축축하고 차가운 바람이었다. 오호츠크 해에서 생겨난 바람, 문득 그 말이 낯설었다. 오호츠크 해. 오호츠크. 진호는 그 말을 몇 차례 되뇌어보았다. 문득 자신이 너무 멀리 와 있다는 생각이 들었다. 아니 언제나 먼 곳에 있었다. 그리웠다. 서울이. 그 복잡한 거리로 꾸역꾸역 쏟아져 나오던 그 많은 사람들이 느닷없이 그리웠다. 항공기 계류장 바깥쪽을 향하여 몇 발자국 걷던 진호는 다시 비행기가 서 있는 쪽으로 방향을 돌렸다.

"실란트, 실란트, 실란트 피알 뭐랬더라? 그래 일사이이랬지. 그걸 찾아야 해. 헤이 폴락, 헤이 미스터 폴락."

차갑게 얼어붙은 시멘트 바닥이 그가 발길을 내디딜 적마다 날카로운 소리를 내었다. 그에게는 PR1422라는 접착제가 자신의 운명을 가를 부적같이 느껴졌다. 돌아가야 했다. 황 전무의 말이 아니더라도. 희수가 궁금했다.

비행기는 여전히 움직일 수 없는 상태였다. 머리 가까이 드리워진 날개가 자신을 납작하게 누르는 듯했고, 커다랗고 둥그런 항공기 동체는 자신이 짊어지고 있는 멍에처럼 느껴졌다. 거칠게 불어오는 바람에도 불구하고 비릿한 기름 냄새가 사방에 가득했다. 정비사 폴락이 손전등을 들고 엔진 부위를 비추고 있었다. 방울방울 흘러내리는 기름은 손전등의 연약한 불빛에도 반짝 빛을 냈다. 이런 상태로 비행을 했다간 비행기가 폭발을 했을 것이라는 폴락의 몸짓이 떠올랐다. 어둠이 짙어지고 있었다. 어둠 속에 산야는 가물가물한 기억처럼 사라져가고 있었다.

그 밤 이끼 냄새 날리는 교회의 담벼락으로 희수는 진호를 찾아왔다. 몇 잔의 술과 대화를 나누는 사이 그들은 참으로 오랜만에 가슴이 툭 터지는 통쾌함을 느꼈다. 그리고 금기의 벽은 무너졌다. 아직은 낯선 상대 앞에서 옷을 벗어 내리던 일이 너무나도 쉽고 너무나도 어이없이 이루어져서, 마치 오래전부터 예정되어 있었던 것처럼, 아니면 거역할 수 없는 무엇에 의하여 조종되고 있는 것처럼 여겨졌다. 깊이를 알 길 없는 긴장과 두려움이 흉중을 어지럽혔지만 그들은 간절한 몸짓을 멈추지 못했다.

그 밤이 지나고 그들에게 세상은 변해갔다. 세상은 편안하고 아름다운 것들로 가득 채워졌다. 모든 것들은 새로이 시작되었다. 산다는 것이 축복이었음을, 자신들에게도 무한한 가능성이 남아 있었음을 그들은 깨달았다. 도처에 희망이 가득했고 운명조차도 스스로 개척해나갈 수가 있을 것 같았다. 과거 두 번이나 자살을 시도했던 희수는 더 이상 자살을 마음에 담아두지 않았다. 그녀는 진호와 함께했던 모든 일들을 하나하나 일기에 적어두고 있었다. 그리고 그것을 자신이 살아가야 할 이유로 삼았다.

하지만 행복은 오래갈 수 있을 것 같지 않았다. 사람이 참으로 행복해질 수 있다는 것. 진실로 누군가를 사랑할 수 있다는 것. 그것은 어쩌면 환상인지도 몰랐다.

한 달쯤 전인 지난 1월 어느 날이었다. 희수는 몹시 침울해 있었다. 그녀의 얼굴엔 검은 빛이 돌았고 눈동자는 흐린 물속에 잠긴 유리구슬처럼 생기를 잃고 있었다. 제법 긴 침묵 끝에 그녀는 입을 열었다.

"며칠 안에 중국서 그 사람이 올 거야. 여기 한국서 볼일이 있대."

순간 자동차가 크게 덜컹거렸다. 운전대를 잡은 진호가 길 가운데 떨어진 돌멩이를 피하지 못하고 그대로 밟고 지나갔기 때문이었다. 진호는 잔기침을 하며 라디오의 볼륨을 낮췄다. 하지만 가슴을 적시기 시작한 음울한 기운을 막을 수는 없었다.

"잠자리도 해야겠지. 다른 건 다 참을 수 있어도 그건 싫어. 아무리 법적인 남편이라지만 그 사람과 잠자리를 할 적마다 창녀가 된 것 같은 느낌이야. 너무 무섭고 싫어."

그녀는 시선을 전방에 고정시킨 채 독백을 하듯 말했다. 희수는 그 망연한 눈빛을 진호에게 돌려대었다. 그리고 기어이 눈물을 떨구고 말았다.

"앞으로 우리는 어떻게 될까?"

진호는 손을 뻗어 그녀의 손을 잡았다. 그녀에게 무슨 말이든 해주고 싶었다. 그러나 먹먹해진 가슴은 아무런 말도 뽑아내질 못하고 있었다. 세상은 유한한 것이었다. 시작이 있으면 끝도 있는 법이다. 아침이 있으면 밤이 있고 탄생이 있으면 죽음도 있다. 나무도 지구도 태양도 언젠가는 소멸할 것이다. 더군다나 세상으로부터 허용되지 못하는 비밀스런 만남에 끝이 없을 턱이 없다. 그것은 처음부터 종말을 안고 시작된 것이었다. 그 끝을 생각한다는 게, 암담했다.

정비사 폴락이 커다란 몸집을 흔들며 그에게 다가왔다.

"라이트 이너 탱크. 리메인 휴얼 파이브 톤. 벗 스틸 리킹."

폴락이 손가락 다섯 개를 쫙 펴 보이며 말했다. 오른쪽 탱크의 연료 잔량이 5톤에 이르기까지 연료를 퍼냈으나 누출이 계속되고 있다는 말이었다.

"더 퍼내세요. 오늘 반드시 가야 해요."

진호는 비행기로 돌아왔다. 조종실에는 한 장의 누런 종이가 그를 기다리고 있었다. 사할린 항공 지상직원이 가져다 놓은, 본사에서 온 전문이었다.

파이런 연료 누출 현상은 장시간 수리를 요하는 사항임. 사할린 공항의 장비와 인력으로는 완벽한 조치가 불가할 것으로 판단됨. 앞의 전문에 명시된 대로 조치하여 연료 누출 현상이 지속되지 않으면, 즉시 귀환할 것. 단 승객과 화물을 모두 내려야 함. 누출을 방지하기 위하여 오른쪽 날개에 연료 주입을 최소화해야 하므로 운항 시 항공기 좌우의 무게가 균형을 이루지 못할 것임. 따라서 귀환 시

운항에 각별 유의 바람. 운항 여부에 관한 최종적인 판단은 모두 기장에게 있음을 명심할 것.

본사의 지시대로 운항을 한다는 것은 어려운 일이었다. 한쪽 손엔 무거운 짐을 들고 다른 손은 빈손인 채로 외줄타기를 해야 한다는 것과 마찬가지였다. 물론 비행기의 첨단 장치들이 위험요소를 현격히 감소시켜주겠지만, 이륙이나 착륙을 할 땐 수동으로 기기를 조작하여야 했다. 조그마한 판단착오나 조작 실수가 있다면…….

문득 얼마 전 연수 때 운항담당 황 전무에게서 들은 이야기가 떠올랐다.

"지난번에 에어 뉴질랜드 보잉 여객기가 비행 도중 갑자기 엔진에서 연기가 솟아올라 비상착륙하는 소동이 있었어요. 그 여객기는 활주로를 막 이륙해서 상승 중이었는데 육천 메에타 상공에서 조종석에 경고등이 켜지더라 이거예요. 객실 안으로 전기 타는 냄새가 나고 연기가 들어와서 산소마스크를 쓰고 난리가 났다는 겁니다. 조종사는 즉시 비상을 중단하고 인근 비행장에 비상착륙을 했어요. 랜딩기어가 정상적으로 펼쳐졌는지 어쨌는지도 모르는 상태로 말예요. 그런데 그 원인이 뭔지 아세요?"

말을 잠시 멈추고 황 전무는 느닷없이 커피잔 하나를 탁 소리가 나도록 탁자 위에 올려놓았다. 조사를 해보니까 조종사한 명이 실수로 조종석에 커피를 쏟았는데, 커피가 마르면서 커피 속의 설탕 성분이 전도체 역할을 해서 전기합선을 유도했고 이것이 누전으로 이어졌다는 것이었다.

"도대체…… 이게 말이나 되는 소리야? 그 비행기에는 모두 백이십이 명의 승객들이 타고 있었어요. 국회의원도 열두 명이나 타고 있었다는데 이게 무슨 망신이야. 이 사고로 빚은 경제적 손실이며 이미지의 실추는 어떡하고? 다행히 무사히 착륙을 했기에 망정이지 안 그랬으면 어떡할 뻔했어? 조종사 여러분들 매사에 조심하세요. 여러분들이 조심할 게 비단 커피 한 잔이 아니라는 거, 명심해야 합니다."

진호는 본사에서 온 전문을 비행계획서 속에 끼워 넣었다. 침울했다. 지금 자신을 둘러싸고 있는 일들은 한 잔의 커피와는 비교도 할 수 없는 것이었다.

오른쪽 탱크에서 연료의 잔량을 4톤까지 줄이자 연료의 누출은 중지되었다. 그러나 본사에서 통지받은 접착제 PR1422는 끝내 찾지 못했다. 하지만 그와 비슷한 성능을 가진 다른 제품을 찾아낼 수 있었다. 정비사들은 새로이 찾아낸 접착제를 연료 누출이 일어난 금속 부위에 발랐다. 이제 필요한 것은 시간이었다. 접착제가 건조되길 기다려 연료를 보충한 다음 누출 여부를 다시 점검할 예정이었다. 더 이상 연료가 새지 않는다면 운항해야 했다. 인천공항에 내려서 정비사에게 항공기를 인계하고 황 전무와 함께 사장을 만나고 어쩌면 희수를 만날 수 있을지도 몰랐다. 아내는 지금 캐나다를 여행 중이었다. 다행히 그녀는 희수의 일에 대하여 아무것도 모르고 있었다. 그런 아내에게 무슨 말이든 해주어야 할 것 같았다. 하지만 그녀에게 해줄 말을 아무리 하여도 찾아낼 수가 없었다.

진호는 조종실 왼쪽 기장석에 몸을 깊게 묻고 그림자처럼 앉아 있었다. 피곤했다. 아니 단지 피곤했다는 말로 자신의 심중을 다 표현할 수는 없었다. 절망. 그래, 바로 그것이었다. 도대체 자신에게 희망이라곤 남아 있을 것 같지 않았다. 고도계, 엔진출력계, 자세지시계, GPS, 속도계, 그리고 수많은 버튼과 레버……. 지금까지 그것들은 자신의 일부였다. 자신의 심장이었고 촉감이었고 망막이었다. 그러나 오늘따라 그것들이 부질없고 무의미하게만 느껴졌다. 저 수많은 점과 선 그리고 점멸하는 불빛에 갇힌 채 자신의 삶이 쇄진해가는 것만 같았다.

진호는 눈을 감고 지그시 이를 악물었다. 하지만 소용없는 일이었다. 그토록 빠져나오고 싶었던 깊고 어두운 악몽의 늪으로 그는 다시금 빠져들고 있었다. 한밤중 산길을 가다 어둠 속에서 불쑥불쑥 튀어나오는 나무와 돌뿌리와 구덩이에 걸리고 채이고 굴러 떨어지고 하는 것처럼, 한 가지 기억의 뒤에 다른 기억이 숨어 있었고 또 다른 과거의 흔적들이 느닷없이 모습을 드러내었다.

일주일 전. 마포의 한 낡은 호텔에서 그들은 만났다. 희수와

중국에서 돌아온 그녀의 남편 그리고 진호였다. 희수와 맨 처음 만났던, 이끼 낀 교회의 담벼락과 가까운 곳에 있는 바로 그 호텔이었다. 메인 전등을 켜지 않은 방은 어두웠고 양탄자에선 곰팡이 냄새가 옅게 날리고 있었다. 희수의 남편은 가슴 속에서 무엇인가를 꺼냈다. 칼이었다. 붉은색 손잡이 끝에 예리한 칼날이 얄프레한 불빛 속에서 맹수의 눈빛처럼 번뜩였다. 그리고 그는 호주머니에서 한 권의 노트를 꺼내어 탁자 위에 던져놓았다. 희수의 일기장이었다.

"너 오늘 제삿날인 줄 알아."

그의 입에서 튀어나온 한마디에 온몸이 일순간 얼어붙는 듯했다. 희수는 파리하게 질려 있었다. 그것은 살아 있는 얼굴이 아니라 색 바랜 한 장의 초상화 같았다. 숨을 제대로 쉴 수가 없는 듯 그녀는 가슴을 쥐어짜고 있었다. 힘주어 감은 눈꺼풀이 바르르 떨리고 있었고 이마엔 식은땀이 맺혔다. 비행기 안에서 처음 만났을 때의 모습 그대로였다. 언제 날아올지 모를 시퍼런 칼날 앞에서 진호는 자신을 해명해야 했다. 하지만 그 어떤 말도 자신을 합리화시켜줄 수 없었다. 무엇보다도, 점차 뚜렷해지는 스스로에 대한 모멸감은 견딜 수가 없었다. 세상은 밝고 정의로웠으며 자신은 너무나 추했다. 자신은 세상의 그 무엇으로부터도 보호받지 못했다. 주먹이 날아오고 발길질이 가해졌다. 사물은 뒤죽박죽이었고 모든 언어는 본래의 의미를 잃고 말았다. 착각과 혼돈의 세계. 그것을 사랑이라고 하기엔 너무나 비참했다. 사악함과 비루함. 오직 그것뿐이었다.

"너 이년 어떻게 할 거야. 내가 당장 이혼해줄 테니 결혼할 거야? 니 마누라하고 이혼하고 이년하고 살 거냐고."

말을 마치기가 무섭게 그는 탁자에 탁 하고 칼을 꽂았다. 순간 희수에게서 외마디 비명이 튀어올랐다. 공포에 질린 음성이었다. 그것이 사랑이라고 굳게 믿으면서도 자신은 단 한 번도 결혼이라는 단어를 떠올리지 않았다는 사실을 진호는 비로소 깨달았다. 사랑이 곧 결혼이라는 등식을 그는 인정하지 않았다. 결혼은 이승의 일이었고 사랑은 천상의 일이었다. 그가 희수와의 만남을 통하여 바랐던 것은 너무나 작은 것이었다. 행복. 이 삭막한 현실의 삶에서 조금이나마 위안을 받고 행복감을 넓혀가길 바랐을 뿐이었다. 숨 막히는 암흑으로 가득 찬 광야에서 발견한 한 점 불씨처럼, 작지만 더없이 소중한 행복이었다.

"할 거야 말 거야."

진호는 천천히 고개를 가로저었다. 주먹이 날아왔다.

"이년아, 봐! 넌 철저히 이용만 당한 거라고. 이 빠이롯트 국제신사한테 너 같은 게 눈깔에 차기나 할 것 같아?"

그것은 결코 현실의 일이 아니었다. 꿈이었다. 착각이었다. 언뜻 코언저리를 스쳤던 손에 가득 묻어난 검붉은 피가 그걸 말해주었다.

진호는 새의 날개가 금빛으로 새겨진 모자를 머리에 얹었다. 그리고 시야가 반쯤 가릴 정도로 눌러 썼다. 희수는 지금 어디에 있을까? 한때 자신은 희수에게 전부였다. 그러나 이제 전무가 되어야 했다. 그 극과 극의 사이에서 희수는 어떻게 지내고 있을까. 이미 두 번씩이나 자살을 꿈꿔왔던 그녀가 지금 어디에선가 세 번째의 죽음을 결행하고 있을지도 모르는 일이었다. 그 날 이후 희수의 행방은 오리무중이었다. 왜 신은 인간에게 사랑 같은 것과는 상관없이 살아갈 수 있는 능력을 허용하지 않는 걸까? 도덕적 타당성을 갖추지 못한 금기의 사랑은 그토록 오랜 인류의 역사에서도 왜 소멸하지 않는 것일까?

빽 삐이익—. 다시금 날카로운 금속성 소리가 비좁은 조종실을 부숴버릴 듯 울려대었다. 진호는 홀쩍 일어나 자세를 바로잡았다. 정비사 폴락이었다. 귀가 먹먹해질 정도로 요란한 소리로 그가 떠들어대었다.

"에브리씽, 오케이. 노 모어 리킹."(다 해결되었다. 이젠 더 이상 새지 않아.)

"기장님. 본사에서 즉시 돌아오라는 연락입니다. 다음 스케줄 때문에 더 이상 지체할 수가 없답니다. 다음 이 비행기는 대만으로 가게 되어 있습니다. 승객은 만원이고요."

진호가 연료 누출 상태를 육안으로 점검하고 돌아오자 부기장 이민철이 휴대폰을 들어보이며 말했다.

"승객들은?"

"다음 편으로 수송하겠답니다."

진호는 얼른 결단을 내릴 수가 없었다. 연료 누출이 멈췄다고는 하지만 이 상태로 비행을 한다는 것은 무리였다. 실란트를 바른 부분이 고공에 올라가면 터질 수가 있었다. 영하 사오십 도의 온도에선 접착력이 떨어질 수밖에 없었다. 실란트 제품 번호가 회사에서 알려준 것과는 다르다는 것도 마음이 쓰였다. 문득 황 전무의 커피잔도 떠올랐다. 탁 하고 그 넓은 강의실을 한순간 움찔하게 만들던 소리. 부웅! 자신을 향해 양팔을 추켜올리던 폴락의 커다란 몸짓도 새삼스레 흉중을 어지럽혔다.

마음 한구석엔 다른 생각도 있었다. 한국으로 돌아가면 자신이 처한 현실과 정면으로 마주쳐야 했다. 돌아가는 즉시 사표를 낼 생각이었지만 그것으로 모든 게 해결되는 건 아니었다. 부기장이 재촉했다.

"연료는 더 이상 새지 않는다고요. 빨리 돌아가야 합니다. 이 오지에 더 있어봤자 비행기를 더 이상 고칠 수 있는 것도 아니잖습니까? 날씨는 또 얼마나 춥냐구요. 어디 가서 맘 편하게 커피 한잔 할 데도 없는데……. 기장님, 혹시 다른 생각이 있어서 그러시는 건 아니시죠? 사실 저도 황 전무님한테서 전화를 받았습니다. 비행기 고장이라는 건 핑계일지 모른다고, 그러니까 저더러 꼭 모셔오라고 하시더군요."

진호는 한동안 이민철의 뒤통수를 멍하니 쳐다보았다, 무엇인가에 된통 얻어맞은 기분이었다.

그때 휴대폰이 울렸다. 휴대폰 창에는 뜻밖의 이름이 떠 있었다. 하희수. 호텔에서의 그날 이후 흔적도 없이 사라졌던 그녀였다. 진호는 전화기를 들고 자리에서 일어났다. 자신을 향해 쏘아지는 부기장의 따가운 눈길을 느끼며 그는 황급히 밖으로 나갔다.

"궁금하지 않아?"

그녀의 목소리는 알아들을 수 없을 만큼 변해 있었다. 어둠 속에서 느닷없이 터져 나온 그것은 너무나도 어두웠고 잔뜩 뒤틀려 있었다. 평소 희수의 목소리는 따뜻하고 편안했다. 한 사람에게서 이토록 서로 다른 목소리가 나올 수 있다는 사실이 믿기지 않았다. 그동안 그녀의 번민과 고통이 어떤 것이었을지 짐작할 만했다.

"누가 인터넷에 말도 안 되는 글을 올려서 장래가 촉망되는 미남 조종사 박진호의 신세를 망치려고 했는지 알고 싶지 않냐고?"

진호도 인터넷에 글을 누가 올렸는지 내심 궁금했다. 황 전무가 전해준 글의 내용으로 보아, 그것은 희수 남편의 짓일 것으로 짐작되었다. 아내의 배신을 확인한 남편에게 남은 것은 분노와 저주뿐일 터였다. 당연한 현상이었다.

"그건 중요하지 않아. 사실이니까."

"내가 올렸어. 인터넷에 글을 올린 건 바로 나야. 나에게 당신은 전부였어. 그러나 넌 아니었지. 넌 나를 배신했어. 넌 나를……."

그녀의 목소리는 끈질기게 불어오는 날카로운 바람 소리 속에 이내 묻혀버렸다. 가슴이 먹먹했다. 그것이 사실일까? 그것은 모진 고통 속에 솟아난 단말마 같은 것이라고 진호는 생각했다. 만약 그녀의 말이 사실이라면, 그건 남편의 위세에 밀려 어쩔 수 없이 행한 일일 수도 있었다. 아니면, 자신의 사랑에서 아무런 미래도 발견해내지 못한 그녀가 선택할 수 있는 일은 남편에게로, 현실세계 속으로 돌아가는 것뿐일 터였고, 그러기 위해선 자신의 일들을 부정하는 수밖에 없었을 것이었다. 그것도 아니라면 희수는 진실로 자신의 일을 후회하고 있는 것인지도 몰랐다.

아무튼 진호는 자신이 사랑이라는 이름으로 행했던 일들이 아무런 의미도 가지지 못했음을 깨달아야 했다. 그것은 다만 탐욕이었고 죄악이었다. 그러나 정말 그것이었을까? 그것뿐이었을까? 진호는 뇌리에 떠오른 의문을 끝내 매듭지을 수가 없었다. 그는 허공을 향해 불끈 고개를 치켜들었다. 암흑천지 하늘은 텅 비어 있었고, 그 텅 빈 공간을 차갑고 거친 바람이 가득 채우고 있었다.

허공을 딛듯 허우적거리는 걸음으로 비행기로 돌아왔다. 부기장과 사무장이 그에게로 다가왔다.

"부기장. 자네하고 나하고만 간다. 자네를 데리고 가는 것은 규정상 나 혼자서 비행기를 몰 수가 없어서야."

부기장은 휘파람을 불며 조종실 자신의 자리로 돌아가 앉았다.

"사무장. 승무원들 데리고 호텔로 들어가요. 이틀 후 비행기가 있으니까 그걸 타고 돌아오도록 하세요. 이 비행기는 아직 안전하지 않아."

조종실로 들어가려는 그를 사무장 유난선이 붙들었다.

"기장님. 용기를 내세요."

사무장이 입에서 나온 소리는 뜻밖에도 진지한 것이었다.

"제가 어렸을 적, 복어 알을 먹고 죽은 사람을 봤어요. 그 사람은 너무나 가난했기 때문에 아무거나 닥치는 대로 먹어야 했어요. 그렇지 않으면 살아갈 수가 없었으니까요. 복어든 복어 알이든 가릴 겨를이 없었어요. 사랑의 문제도 마찬가지죠. 기장님. 전 다 알고 있어요. 우리 승무원들 모두 알고 있어요. 하지만…… 사람은 다 같아요. 모두 공범자예요. 그것이 옳은 것이든 그른 것이든, 사랑 없이 살아갈 수 있는 사람은 아무도 없으니까요."

그러나 진호는 아무런 말도 해줄 수가 없었다.

어둠 속에 공항 청사의 조명을 받아 희끗 반짝이는 것이 있었다. 눈이었다. 눈발은 이내 좁은 기창에 수많은 수직선을 그려 놓았다. 이곳의 눈은 곧 폭설로 이어지기 십상이었다.

"빨리 떠나세. 날개에 눈이 쌓이면 꼼짝없이 갇힐 테니까."

23시 11분. 진호는 조종석에 몸을 반듯이 하고 앉아 안전벨트를 맸다. 시야는 셋으로 나뉘어 있었다. 기호와 숫자들로 가득 찬 계기반. 그 위로 활주로 양끝에 켜진 노란 불빛이 아득한 소실점을 향해 뻗쳐나가고, 그 소실점 너머에 사할린의 하늘이 먹물 같은 어둠을 머금고 내려와 있었다. 무언가 알 수 없는 것이 숨겨져 있을 것 같은 어둠이었다. 이 세 가지 세상을 하나로 묶어내며 눈발이 거친 기세로 내리고 있었다. 활주로에 쌓이기 시작한 눈이 고왔다. 바깥의 기온은 영하 15도로 내려가 있었다.

그는 무전기를 잡아 스위치를 힘껏 눌렀다.

"타워, 퍼시픽 나인 식스 원. 레디 포 테이크 오프. 런웨이 원."(관제탑. 태평양 항공 961편이다. 지금 1번 활주로에서 출발 대기 중이다.)

"퍼시픽 나인 식스 원. 클리어 포 테이크 오프. 윈드 쓰리 원 제로 엣 포틴. 컨택 원 포 투 포인트 투, 애프터 테이크 오프."(태평양 항공 961. 출발을 허가한다. 바람은 310도 방향에서 14노트의 속력으로 불고 있다. 이륙 후 주파수 142.2과 교신하라.)

23시 16분. 비행기는 순조롭게 이륙했다. 기창 아랫부분을 스쳐가는 유지노-사할린스크 시가지의 성긴 불빛이 아름답게 느껴졌다. 그리고 지난 일 년간의 일들이 주마등처럼 스쳐갔고, 그 끝에 희수의 일그러진 얼굴이 떠올랐다. 그것이 그토록 무가치한 일이었을까?

그는 또다시 머리에 떠오른 의문에 아니라고 간단히 답해주었다. 사랑이란 사막에서 길을 잃은 자의 망막에 떠오른 신기루 같은 것이라고, 그것이 어디에도 존재하지 않는다고 말할 수는 없었다. 한국으로 돌아가면 세상을 향해 그 이야기를 해주고 싶었다. 비행기가 구름을 뚫고 올라서자 주먹만 한 별들이 기창으로 쏟아져 들어왔다.

다음 날 아침. 인천공항에 비상이 걸렸다. 새벽 두 시 십오 분, 사할린으로부터 도착하기로 예정되었던 항공기 한 대가 행방불명된 것이었다. 텔레비전에서는 일본 니가타 현 북쪽 아와 섬 인근 해상에서 명태잡이를 하던 한 어부의 인터뷰 장면을 방영하고 있었다. 그는 어두운 하늘에서 번쩍 불빛이 터지는 것을 보았는데 누가 이 넓은 바다에서 불꽃놀이를 하는가 생각을 했다고 말했다. 그 광경이 가슴을 단숨에 녹여낼 만큼 신비하고 아름다웠다고 했다. 그런데 막막한 하늘 그 높은 곳에서 좌악 터져 내리던 불꽃이 어찌 보면 머리칼이 쭈뼛해질 정도로 무섭기도 해서 그 기분을 무어라고 표현을 할 수가 없었노라고 고개를 주억거렸다.

거품이라는 뜻의 이름을 가진 아와 섬은 사할린에서 인천으로 이어지는 항로상에 있는 작은 섬이었다.

나비 속에서

대형 강력 태풍 제14호 '나비' 위치: 9월 5일 15시 현재 야쿠시마 남남서 130km. 북위 29.3 동경 130.2.

진행방향 및 속도: 북. 15km/h.

중심기압: 935hpa.

치호는 컴퓨터에 나타난 태풍 데이터를 읽고 또 읽어 내려갔다. '나비'는 아직 오키나와 동쪽 해상에 있다. 거대한 소용돌이 구름이 북서 태평양을 할퀴듯 부여잡고 있었다. 그 모습이 고속으로 돌아가고 있는 금속절단기의 원형톱날을 연상케 하였다. 북위 13.9도 동경 154.6도는 강력 태풍 '나비'의 탄생지다. 북태평양 미크로네시아 부근 해상에 무연히 모여든 구름 조각들. 그때만 해도 구름은 그와 아무런 상관이 없었다. 열대의 더위를

식혀주는 그저 고마운 구름 떼였을 뿐이었다. 한데 그다음이 문제였다. 한 방울 한 방울 고이기 시작한 물이 홍수를 이루듯 수십 억 배로 몸집을 키운 구름덩어리는 가공할 위력의 바람과 비를 몰고 서북진을 시작했다. 괌을 거치고 오키나와를 스쳐 이제 한반도를 넘보기 시작했다. 곧 하늘은 가슴에 품었던 광포한 에너지를 이곳을 향해 일시에 쏟아낼 것이었다. 구름이 뿜어놓은 음산한 어둠 속에 바다는 천만 갈래로 갈라져 맥없이 솟구치고 무너져 내리길 반복할 것이고, 물고기들이 깊이 자맥질을 해버려 생명체 하나 남아 있지 않은 수표면엔 허공을 찢는 바람 소리뿐 죽음 같은 괴기스러움이 감돌고 있으리라. 물과 물기에 흠뻑 젖은 대기로만 채워진 무채색의 세상. 그 위로 수많은 번갯불이 작살처럼 쏟아져 내릴 터였다.

치호는 담배를 피워 물었다. 그는 항공사 직원이었다. 예보에 의하면 빌어먹을 태풍은 하필이면 그가 비행기를 띄워야 할 시간에 맞춰 이곳 부산에 다다르게 되어 있었다. 바로 곁의 한 인간과 교통하기도 힘들었던 그는 이제 어쩔 수 없이 엄청난 파괴력을 머금은 채 다가온 자연과 한판 씨름을 벌여야 했다. 오후 4시. 한낮인데도 사방이 너무 조용했다. 여행객들로 가득 찬 대합실에서 온갖 소음이 끊임없이 날아왔지만 그의 귀에는 한마디도 들리지 않았고 물을 아무리 마셔도 입안의 갈증이 가시질 않았다. 그는 떨고 있었다. 태풍 소식을 들을 때마다 반복되는 어쩔 수 없는 현상이었다.

그는 음악 시디를 컴퓨터에 넣었다. 가슴의 긴장을 조금 누그러뜨리며 감미로운 선율이 흘러나왔다. 나는 태양이 바다를 불태우는 것을 보았어요. 화산이 땅을 갈라지게 하는 것도요. 사막에서 사라진 거대한 묘지와 물방울들이 돌에 구멍을 내는 것도……. 그는 애써 소리를 내어 노랫가락을 흥얼거렸다. 그러다 버럭 소리를 내지르고 말았다.

"씨발. 저놈의 새끼가 여기로 올라온다 이거지, 기어이……? 증말 엿 같아. 나하고 웬수 진 것도 아니고, 왜 그래!"

치호는 다시 한 번 빽 하고 담배연기를 빨아 삼켰다. 지난번 태풍 '매미'는 정말 지독했었다. 그날 밤 열 시가 조금 지난 시각, 그는 일을 마치고 강변도로를 따라 차를 몰아가고 있었다. 뿌연 유리창 너머로 펼쳐진 퇴근길의 풍경은 지옥이나 연옥을 연출해놓은 연극무대 같았다. 길가에 줄줄이 늘어선 가로수마다 허리가 꺾이고 가지가 찢겨 있었다. 반쯤 기울어진 기둥 위로 신호등이 아슬아슬하게 매달려 위태롭게 흔들리고 있었고 어디선가 떨어져 나온 간판이 동화 속의 양탄자처럼 횡으로 날아들었다. 라디오에선 무엇인가가 무너지고 터지고 깨지고 죽고 사라져버렸다는 말들이 숨 가쁘게 쏟아져 나오고 있었다.

그것이 엊그제 일인데 또다시 새로운 태풍이 찾아오고 있었다. 무엇보다도 두렵고 짜증 나는 것은 앞으로 닥쳐올 일을 뻔히 알면서도 아무런 대책도 세우지 못한 채 모든 것을 내맡겨야 한다는 사실이었다. ……녹슨 총보다 더 멋진 것은 없어요. 북을 치는 이 세상에서 누가 사랑보다 전쟁을 더 좋아할까요? 시디플레이어는 흉흉한 그의 기분에는 아랑곳하지 않고 제멋대로 지껄이고 있었다.

필터까지 타들어간 담배를 한손으로 비벼 끄며 그는 다시 컴퓨터를 두들겨, 김해공항의 기상 예보를 체크했다. 내일 아침 7시 반에 정기편 항공기가 이곳에 도착할 예정이었다. 그것을 띄울 것인지 말 것인지 결정을 내려야 했다.

052100 03020G36 4800 OVC1100 -5RA.

내일 아침 6시, 바람의 세기가 시속 20노트, 순간적으로 최대 36노트의 돌풍이 불 수도 있었다. 시정은 4,800미터, 구름의 높이는 그런대로 좋은 상태였다. 다행히 바람이 북쪽에서 불어오니 비행기는 신어산이 있는 북쪽 상공을 돌아내리지 않고 남쪽 바다에서 그대로 하강할 수 있었다. 그것만으로 천만 다행이었다. 게다가 이곳은 태풍의 진행방향으로부터 왼쪽으로 비켜나 있었다. 최악의 상황은 피해 갈 수 있다는 이야기였다. 하지만 시속 20~30노트의 바람을 안고 비행기가 뜨고 내린다는 것은 위험한 일이었다. 게다가 언제든 날씨 상황이 바뀔 가능성이 높았다. 시야를 내다볼 수가 없을 만큼 안개가 지거나 폭우가 쏟아질 수도 있었고, 구름의 높이가 더욱 낮아지거나 바람 방향이 바뀌어 착륙을 불가능하게 할 수도 있었다. 인간의 일도 그렇지만 하늘이 하는 일은 더욱 알 수가 없었다. 어쨌든 현재 예상

수치로만 보면 운항이 가능한 상태였다. 담배를 꼬나물고 사무실을 두어 바퀴 돌고 난 그는 컴퓨터 앞에 앉아 방콕 본사로 전문을 작성했다. 마지막 키를 눌러 전문을 보내는 순간 가슴이 떨렸다.

6일 아침 6시 부산 공항 날씨. 착륙 가능. 항공기 정상 운항 요망.

치호는 문밖으로 나섰다. 사무실 안이 너무나 무덥고 답답했다.

—필리핀 세부로 가는 항공기의 탑승수속이 곧 마감될 예정이오니 아직 탑승을 하지 않은 승객 여러분께서는 곧 탑승구 33번으로 와주시기 바랍니다.

—베이징으로 여행하시는 승객 여러분께서는 지금부터 중국국제항공 카운터로 오셔서 탑승수속을 받아주시기 바랍니다.

여전히 공항은 세계각지로 떠나려는 사람들로 북적였다. 사람은 어디론가 떠나기 위해 존재하는 것같이 느껴졌다. 하늘은 맑고 고요했다. 구름은커녕 창포물을 풀어놓은 듯 말간 하늘 한가운데 연붉은 태양이 정물처럼 떠 있었다. 그것의 어느 구석에서든 난삽하거나 거친 기운 같은 것은 찾아볼 수가 없었다. 하지만 먹장구름과 창끝 같은 빗살을 몰고, 그놈은 어김없이 찾아올 것이다. 태풍은 최대한 시간을 끌어 사형수의 공포를 극대화시키려는 사악한 나장처럼 찾아올 것이었다. 어떻든 이제 그가 할 일은 없었다. 죽음을 기다리는 말기암 환자처럼 그저 태풍의 진로와 위용을 숨죽여 지켜보는 일뿐이었다. 세상일이라는 게 언제나 이런 식이었다.

그날 푸켓의 하늘도 그렇게 맑았었다. 맑다 못해 신비하기까지 했다. 그는 행복했다. 삼년을 내리 자신을 거들떠보지도 않았던 수진이 어느 날 갑자기 청혼을 받아들였고 그로부터 한 달 만에 결혼식을 올렸다. 수진의 갑작스런 변신이 오히려 당황스러웠다. 호텔에 도착하기가 무섭게 그는 수진의 몸을 파고들었다.

"야, 덥다. 그지?"

일을 마치고 나서, 16년산 밸런타인 위스키가 담긴 크리스털 잔에 얼음을 퍼 넣으며 그는 덤덤히 말했다. 수진은 아무런 말도 하지 않은 채 커피색 긴 머리만 쓸고 있었다. 온몸에 초콜릿을 바른 듯 검은 빛이 도는 수진은 육감적이었다. 그러나 그 육감적인 육체를 맨 먼저 차지한 것은 자신이 아니라는 사실을, 그리고 그 기억이 끊임없이 자신을 괴롭히리라는 사실을 치호는 깨닫고 있었다.

사무실로 돌아온 그는 텔레비전을 켰다. 태풍 속보를 듣기 위해서였다.

—멕시코 북부 접경지가 허리케인 리타 영향권에서 벗어나려는 미국민으로 넘쳐나고 있습니다. 이상기온 재난을 피해 멕시코 국경을 넘는 내용이 담긴 미국 영화 〈투모로우〉의 탈출 장면을 연상시키고 있습니다. 작년 개봉된 영화 〈투모로우〉에서는 지구온난화에 따른 기상 이변으로 미국 동부 지역에 빙하기가 찾아오자 미국 시민들이 재난을 피해 멕시코 국경을 넘는 장면이 연출돼 화제가 됐었습니다.

재난이 한국에만 닥친 것은 아니었다. 대형 허리케인 리타가 미국 남부를 위협하고 있었다. 유럽에는 때 아닌 홍수가 도시를 휩쓸고 있었고, 브라질에는 고온과 가뭄이, 아프리카에는 고열과 설사를 동반한 괴질이 맹위를 떨치고 있었다. 사람들은 제각기 정부를 원망했다. 어떤 사람들은 정부를 믿느니 차라리 교회에 가겠다고 했고, 어떤 사람들은 신이 어디 있느냐고 대들었다. 그럴 때마다 말세니, 위기니, 종말이니 하는 단어들이 유행병처럼 떠돌았다.

치호는 의자에 몸을 깊숙이 파묻었다. 희멀건 형광불빛이 그의 눈망울 속으로 어수선히 스며들고 있었다. 그는 조금 전 자신이 날려 보낸 전문용지를 만지작거리고 있었다. 260명 정원을 가득 채운 비행기는 오늘 밤 영 시 십오 분에 방콕을 이륙하여 다섯 시간여의 긴 비행을 시작할 것이었다. 하지만 그것이 내일 아침 부산에 무사히 내릴 수 있을지는 알 수 없었다. 만약 태풍 때문에 비행기가 부산에 내릴 수가 없다면, 가까이 임시착륙을 할 곳도 없었다. 후쿠오카든 제주든 이미 태풍에 휘말려 있을 터이기 때문이었다.

어떻든 이제 주사위는 던져진 셈이었다. 이곳의 기상 수치가 착륙 불가 상태로 떨어지지 않는 한 비행기를 띄우지 않을 방도는 없었다. 어느 항공사건 예보만으로 항공기를 결항시키는 일은 없었다. 세상은 최첨단 전자무기처럼 돌아가고 있었다. 한 번도 멈추거나 뒤돌아 가본 적이 없는 세상은 어떤 오차나 빈틈도 허락하지 않았다. 치호는 생수병을 통째로 들어 입안에 물을 쏟아부었다. 무엇인가, 간절한 아쉬움이 온몸에 저며오고 있었다. 문득 전화기에 시선이 닿았다. 아내의 얼굴이 떠올랐다. 간밤에도 그는 아내의 꿈을 꾸었다. 아니 거의 매일 밤 아내는 그의 잠 속으로 찾아들었다. 그때마다 아내는 벌거숭이인 채 다른 사내와 뒤엉켜 있었다. 그런 아내가 처참해 보였다. 그는 수화기를 들었다. 그녀에게 무언가 할 말이 있을 것 같았다. 그녀에게 무슨 말이든 해야 할 것 같았다. 그러나 한동안 만지작거리던 수화기를 다시금 던져놓고 말았다.

"까짓 거, 태풍 방향이 확 휘어질 수도 있잖아. 일본 쪽으로 말야. 잘사는 나라니까 이까짓 것쯤 아무것도 아니지. 요게 온다 해도, 강도가 팍 낮아져버릴 가능성도 있어. 재수 좋으면 말야. 어쨌든 왜 저놈이 이리로 기어오는 거야. 하필이면 그 시간에……. 오늘밤에 획 지나가버리든지, 내일 오후 느지막이 오든지 할 일이지."

담뱃재가 톡 하고 떨어졌다. 짙은 감색 바지자락은 담뱃재로 허옇게 더럽혀지고 말았다. 그는 담뱃재를 털어낼 생각도 하지 않은 채 푸른색 붉은색 노란색으로 그려진 태풍 영상이 떠 있는 컴퓨터 화면을 매섭게 노려보았다.

원래 그는 태풍을 좋아했다. 아득한 옛날 태풍이 모질게 불던 어느 날, 문밖으로 나가 골목으로 휘몰아치는 태풍을 바라보곤 했다. 그러다 미친 듯이 고함을 질러대기도 했다. 닥치는 대로 날려 보내고 부수고 조각내는 기세가 그저 좋았다. 하지만 항공사의 직원이 된 후 비와 바람을 그리고 눈을 싫어하게 되었다. 먹고산다는 일이 그를 바꿔버린 것이었다. 현실이 그를 낭만도 꿈도 기백도 없는 기계 부품으로 만들어버렸다. 아무튼 아무것도 하지 못한 채 시시각각으로 다가오는 괴물을 빤히 바라보고만 있어야 하는, 하다못해 도망조차 칠 수 없는 이런 상황이 치호는 싫었다.

—실제로 이번 초강력 허리케인 리타의 상륙을 앞두고 텍사스와 루이지애나 주 일대에서 피신한 주민들이 200만 명에 달할 것으로 추산됩니다. 멕시코행 비행기 편은 이미 오래전 예약 만료됐으며 미국에서 밀려온 피난민들로 접경지 일대 호텔 값은 천정부지로 치솟았다고 현지 주민들이 전했습니다.

그는 탁 소리가 나게 텔레비전을 끄고 사무실을 나왔다. 업무용 전산 모니터와 텔렉스를 제 아무리 눈을 부릅뜨고 지켜본들 달라질 것은 없었다. 이제 모든 것은 텔레타이프가 아니라 하늘에 매여 있었다. 태풍은 예정된 길을 따라 몰아칠 것이고 비행기는 태풍의 겨드랑이 속으로 날아들 것이었다.

그렇게 말갛던 하늘은 어느새 구름으로 가득 차 있었다. 후드득 빗방울이 떨어지는가 싶더니 이내 거센 빗줄기로 바뀌었다. 이따금 불어오는 바람의 기세도 심상치가 않았다. 피이 피이 마적들의 피리소리 같은 게 낮은 구름 속에서 쉴 사이 없이 들려왔다. 저것들이 이제 세상을 뒤바꿔놓을 것이었다. 십 미터도 채 되지 않는 주차장으로 달려가 차에 올랐을 때는 옷을 뚫고 기어든 빗물이 온몸을 흠뻑 적신 뒤였다.

삼켜! 삼켜! 창녀 같은 것. 다 삼키란 말야! 밤새 그는 몸을 뒤척이며 한 사내의 광란에 찬 음성에 시달려야 했다. 여자는 실오라기 하나 걸치지 않은 채 사내의 몸에 짓눌려 있었다. 사내는 돌덩이처럼 굳어진 여자의 몸을 깔고 앉아 여자의 입안에 사정을 했다. 그러다 문득 눈이 뜨였다. 새벽 1시 반. 유령처럼 창백한 광선이 부지직 유리창을 핥고 있었다. 아내가 결혼 전에 사귀던 남자를 계속하여 만나고 있다는 사실을 알게 된 것은 석 달 전 그날 밤이었다.

나하고 결혼을 한 것은 순전히 그 자식에 대한 복수심 때문이었다…… 그러니까 이제 이혼해달라 이거야? 이제 와서, 누구 맘대로? 결혼이라는 게 아침저녁으로 갈아입는 런닝구 같은 것인 줄 알아? 결혼이라는 건 사랑하지 않는 남자와도 살아야 한다는 거야. 그게 얼마나 무서운 일인지 내 똑똑히 보여줄게!

그 일이 있고 나서 아내는 집을 나갔다.

베란다 유리창에 와 부딪치는 빗소리가 요란했다. 아파트 옥상으로부터 흘러내려 와 바닥으로 떨어지는 배수구 물소리가 가슴을 파고들었다. 날카로운 소리가 허공을 끊임없이 맴돌고 있었다. 마적 떼의 피리소리는 한층 더 드세어져 있었다. 그 어지러운 소리 속에 간간히 금속성 폭발음이 들렸다. 슛쿵, 빵, 꽈당. 마구잡이로 쏘아대는 대포소리처럼 들려오는 건 두터운 바람의 장막을 또 다른 바람이 뚫고 지나며 내는 소리였다. 세상은 소리로 가득 차 있었다. 세상의 모든 사물들 속에 잠자고 있던 소리들이 일시에 터져 나와 활개를 치고 있는 것 같았다. 드세어진 바람에 집이 흔들리고 있었다. 21층 까마득히 올라선 스물네 평 아파트. 그것도 산비탈에 위태롭게 올라선 낡은 아파트이니 이 지독한 바람에 견딜 수가 없었을 것이다. 그는 눈을 감았다. 유리창이 깨어져나가고 콘크리트가 조금씩 부서지고 철근이 앙상하게 드러나는 장면이 선명하게 뇌리에 떠오른다. 이러다 아파트가 송두리째 넘어갈 수도 있을 터이다. 70미터 아래로 포물선을 그리며 낙하하는 기분은 어떤 것일까? 지구상을 휩쓸었을 수많은 바람, 비, 화산, 지진. 지금까지 인류는 얼마나 많은 비바람을 견뎌내야 했을까?

미안해. 이상하긴 하지만, 그렇다고 내가 당신을 사랑하지 않는다는 말은 아니야.

집을 나가면서 아내가 떨궈놓은 한마디였다. 좀 더 잠을 자고 싶었다. 더 이상 깨어날 수 없을 만큼 깊은 잠을. 하지만 잠기운은 점점 더 멀어져만 갔고 정신은 더 명료해졌다. 치호는 자리를 차고 일어나 앉았다.

—물에 잠긴 루이지애나 뉴올리언스 시내의 수위가 더 올라가지 않음에 따라, 미국 정부와 군은 인명구조와 사망자 수습, 치안확보 작업을 본격화했습니다. 그러나 아직 정확한 피해규모를 짐작조차 못하고 있습니다.

밤새 켜놓은 텔레비전에서는 무언가 말을 끊임없이 전하고 있었다. 치호는 집에 오면 언제나 텔레비전을 켜놓았다. 잠자리에 들 때도 끄지 않았다. 그 소리마저 없으면 아무도 없는 집에서 배어나오는 정적의 무게가 너무나 견딜 수 없었다.

—뉴올리언스 시장은 에이피 통신과의 인터뷰에서 물속에 방치된 주검이 많고, 다락방에도 주검들이 있을 것이라며 사망자가 최소 수백 명, 아마도 수천 명에 이를 가능성이 높다고 말했습니다. 에이피 통신은 카트리나가 1906년 샌프란시스코 대지

진 이후 100년 만에 닥친 최악의 자연재해로 기록될 것 같다고 보도했습니다. 또 뉴욕타임스는, 뉴올리언스가 카트리나에 침수된 지 한 달도 안 돼 리타가 또 엄습함으로써, 지구온난화가 허리케인에 미치는 영향에 대한 논쟁이 뜨거워지고 있다고 전했습니다. 한편 조지 부시 대통령은 미국은 역사상 최대 자연재해 중 하나와 싸우고 있다면서 비상사태를 선포했습니다.

다시 아침이 찾아왔다. 이른 시간인데도 공항에는 벌써 백여 명의 인파가 들어차 있다. 그들도 오늘 태풍이 예보되어 있다는 사실을 모를 리 없었다. 그러나 중요한 것은 오래전부터 예정된 관광 여행을 차질이 없이 떠나는 것이다. 앙코르와트며 투몬베이며 홋카이도 온천 순례는 그냥 포기해버리기엔 너무나 아까운 것들이었다. 하늘의 일은 하늘의 것이고, 인간의 일은 인간의 일인 것이다.

대합실 천장에서 우당탕탕 요란한 소리가 들렸다. 바람 소리였다. 수백 명의 건장한 사내들이 망치와 곡괭이를 들고 올라가 건물의 모든 구조물을 일시에 뜯어내는 것 같은 그 소릴 들으며, 어제 비행기를 띄워 보내라는 전문을 보내던 자신의 손이 왜 그렇게 떨렸던 것인지, 치호는 실감했다. 그는 서둘러 책상 앞으로 다가가 컴퓨터를 켰다. 부팅이 되기까지 불과 십수 초의 시간이 지루했다. 하와이 미해군 태풍관측소를 클릭했다. 그리니치 천문대 시각 9월 5일 18시, 그러니까 한국시간으로 6일

새벽 3시의 현황이었다. 태풍은 큐슈 남단 해상에 있다. 제주도가 서너 개는 들어갈 만한 크기의 암굴이 육지의 끝에 살짝 닿아 있다. 태풍의 핵이다. 그곳에선 순간최대풍속 145노트의 바람이 불고 있다. 태풍은 여전히 대형급이다. 945헥토파스칼의 강력한 저기압, 폭풍반경은 260킬로미터 강풍반경은 무려 800킬로미터에 이른다. 태풍의 핵으로부터 뿜어져 나온 구름은 큐슈를 거쳐 대마도를 지나 한반도 남해안에 거대한 한쪽 날개를 걸쳐놓고 있었다. 부산에는 순간최대풍속 55노트의 바람이 불고 있었다. 시속 55노트면 한순간에 30미터를 달려가는 강풍이다. 다행히 바람의 방향은 북풍이었다. 그렇다 하더라도 그놈의 비행기가 바람에 떠밀리거나 뒤틀리지 않고 무사히 착륙을 할 수가 있을까? 이 태풍 속으로, 그 엄청난 우주의 에너지 속으로 비행기를 끌어들이려는 나는 미친놈이 아닐까?

사무실 문이 벌컥 열리고 한 떼의 사람들이 들어왔다. 그들 가운데 한 사람이 입을 열었다.

"오늘 비행기 가는 거 맞죠?"

하얀색 미니 원피스 아래로 희고 곧은 다리가 매력적인 20대 여인이었다. 천사 같은 외양을 한 그녀의 입에서 굴러 나온 말은 뜻밖에도 차갑고 단단했다.

"만약 비행기 못 가면 아저씨가 책임질 거죠?"

새벽 6시 34분. 비행기가 도착하자면 아직 한 시간 정도의 시간이 남아 있었다. 그는 청사 밖으로 나갔다. 청사 안은 금연구역이었지만, 문을 나서기도 전부터 그의 손엔 담배가 들려 있었다. 출입구 유리문을 여는 순간 허공에 구멍이 뚫리는 듯한 요란한 소리와 함께 한 무더기의 바람이 달려와 그의 옷자락이며 머리칼을 마구 잡아챘다. 그곳엔 천장이 있었지만 비를 피할 수는 없었다. 빗방울이 수평으로 날아들고 있었기 때문이었다.

하늘은 무겁고 칙칙했다. 회색과 검정 뿐 유채색 하나 떠 있지 않은 그것은 한겨울의 시베리아나 티베트 고원을 거꾸로 뒤집어놓은 듯했다. 그것은 그저 비어 있는 공간이 아니었다. 함정과 계곡과 까마득한 낭떠러지들이 마구잡이로 솟아나고 내려앉는 거친 벌판이었다. 그곳 구석구석에 숨어 있을 고독과 공포의 정령들, 저것이 태풍 나비의 자취였다. 저 음산한 구름의 소용돌이 어디엔가 죽음의 요정도 도사리고 있을 것이다. 비는 지상의 모든 것을 단숨에 쓸어갈 듯이 쏟아지고 있었다. 바람은 청사의 지붕과 뾰족한 조명탑과 주차장 간판과 시멘트 벽돌과 부딪혀 높고 날카로운 소리를 내었다. 주차장 한구석 조명탑이 꺼들꺼들 흔들리고 있었고 흠뻑 옷을 적신 사람들이 비명을 지르며 뛰어다녔다.

“어떠세요? 비행기가 내릴 수 있을 것 같애요?”

그때 곁으로 다가와 말을 건네는 사람이 있었다. 옆 사무실 다른 항공사에 근무하는 직원이었다. 그의 얼굴은 얼음으로 빚어놓은 듯 창백했다. 그 역시 비행기의 정상운항 여부를 걱정하고 있는 듯했다.

“글쎄. 수치상으로는 착륙이 가능하잖아. 다른 건 그렇다 쳐도 바람 방향이 좋아. 북풍. 바람을 옆구리나 꼬리 쪽에서 맞는다면 어림도 없지.”

“날씨가 걱정돼서 정말 지난밤엔 한숨도 못 잤어요. 에이씨, 이럴 줄 알았으면 시골 가서 농사나 짓는 건데. 엊그제 텔레비에서 지리산 산골마을에 사는 우편배달부 이야기를 봤는데, 그렇게 좋을 수가 없더라구요. 니미랄 것, 올핸 무슨 태풍이 이렇게 잦아요? 엘니뇨니 뭐니 하는 거, 다 말세라는 말 아녜요, 말세?”

하늘은 수없이 많은 촉수를 길게 늘어뜨리고 우리를 내려다보고 있었다. 우리 역시 무연한 눈빛으로 하늘을 응시하고 있었다.

“그러게 말이야. 지구온난화가 문제지. 몇 걸음이면 가는 거리도 자동차를 타야 직성이 풀리고, 한 여름에 코감기약 먹어가면서 에어콘 빵빵하게 켜고 그러니 날씨인들 성하겠어? 게다가 걸핏하면 훔치고 빼앗고 죽이고 폭탄 쏟아 붓고…… 세상이 온통 쓰레기 밭이 되었으니, 하늘이 노할 수밖에.”

“미국도 지금 난리잖아요. 무슨 기독교 단체가 이번 허리케인을 신이 보낸 징벌이라고 했대요. 원리주의가 하는 그 단체에서 카트리나가 상륙하기 직전에 위성사진을 찍었는데, 거기에 태아의 모습이 똑똑하게 찍혔다는군요. 정확히 임신 6주가 경과

한 태아라고 그랬어요. 낙태찬성주의자들과 동성애자들 때문에 허리케인이 불어닥치고, 캘리포니아에 지진, 산불, 산사태가 생겨나고…… 9·11 테러도 그래서 일어났다는 거예요. 뉴욕이나 캘리포니아에서는 낙태를 허용하고 있다나 어쨌대나."

그런 말을 하면서 그는 침을 찍 하고 뱉었다.

"그러나 저러나 거기 비행기는 지금 어딨어? 마닐라에서 출발은 했어?"

"벌써 오고 있어요. 그런데 여기 못 내리면 어쩌죠? 조종사가 겁을 잔뜩 먹고 여차하면 회항하겠다던데."

"겁먹은 기장이 문제가 아니라 비행기를 불러들인 우리가 미친놈들이지."

"까놓고 말해서 우린들 방법이 있습니까? 손님들은 비행기 못 갈까 봐 벌써 난린데."

고개를 떨어뜨린 그는 코앞까지 밀려든 빗물을 발끝으로 이리저리 휘저어대고 있었다.

"태풍 부는데, 비행기 못 가는 건 당연한 거 아냐? 가서 이야기 잘해봐."

"요즘 세상에 어디 말이 통해야죠."

머리를 쓸면서 돌아서는 그의 어깨가 무겁게 보였다. 치호는 생각했다. 그가 두려워하고 있는 것은 태풍이 아니라 사람이었다.

8시 08분, 예정보다 38분이 늦은 시각. 드디어 항공기가 모습을 드러내었다. 낮게 깔린 구름을 빠져나온 순간, 비행기는 이미 활주로의 턱을 넘어 있었다. 비행기의 뒤편에는 검은 안개를 머금은 굴암산이 장막처럼 펼쳐져 있었다. 구름에 쌓인 해발 486미터 신어산은 두터운 구름 속으로 모습을 감춘 뒤였다. 북서쪽에서 맹렬히 불어오는 바람 때문에 항공기 날개는 오른쪽으로 젖혀져 있었다. 비행기가 활주로의 삼분의 일 지점을 넘어섰는데도 고도는 쉽사리 낮춰지지 않았다. 저런 상태로 과연 활주로에 안전하게 내려앉을 수 있을지 미지수였다. 평소 하늘과 땅은 확연히 구분되어 있었다. 땅이 이승의 삶이라면 하늘은 저승의 세계였다. 그러나 어둡고 두터운 구름 아래 하늘과 땅이 마구잡이로 뒤엉켜 있었다. 구름 속에서 구름이 질주를 하고, 은회색 섬광이 곳곳에서 칼날처럼 번뜩이고 있었다. 그 거대한 활력, 그 압도적인 힘으로부터 벗어날 수 있는 길은 어디에도 없었다. 태풍이 밀려오고 있는 지구는 삶과 죽음이 혼재되어 있는 카오스의 세계였다.

바람에 맞서기 위해 항공기는 기수를 조금 왼쪽으로 틀며 급속히 내려왔다. 바퀴가 지면을 스치듯 날고 있는 순간까지 항공기의 자세는 안정되지 않았다. 급기야 왼쪽 바퀴가 먼저 활주로에 부딪힌 항공기는 그 반동의 힘 때문에 뛰어올랐고, 한 차례 더 날아오르고 내려앉기를 반복한 끝에 활주로 위에 세 개의 바퀴를 간신히 내릴 수 있었다. 순간, 강한 전율이 발뿌리에서 머리털 끝까지 뻗어나갔다.

비행기에서 내린 승객들은 넋이 나간 표정들이었다. 비행기가 금방이라도 추락할 듯 요동을 쳤을 것이고, 날개는 부러질 것처럼 휘청거렸을 것이다. 마지막으로 비행기에서 나온 기장은 치호에게로 터덜터덜 걸어왔다.

"담배 있소?"

치호는 말없이 담배 한 개비를 뽑아 건넸다. 기장은 연기를 깊숙이 빨아 삼킨 뒤 길게 토해내었다. 그의 흰 와이셔츠의 겨드랑이며 등짝은 땀으로 흠뻑 젖어 있었다. 뒤쪽 머리칼은 마구잡이로 흩어져 있었고, 안면근육은 여전히 뻣뻣하게 굳어 있었다. 폭풍우 속을 날아오느라 그가 겪어야 했을 긴장과 스트레스를 짐작할 만했다. 그런 채로 잠시 시간이 흘러갔다.

"지금 태풍은 어디 있소?"

"큐슈 남단에 상륙했습니다. 태풍 접근 속도가 예상보다 늦어져서 우리 비행기가 착륙할 수 있었어요. 다행이지요."

기장은 고개를 획 돌려 치호의 얼굴을 쳐다보았다. 다행이라는 말이 유감이었던 것일까? 그의 눈초리가 매서웠다. 다 피운 담배를 꼬깃꼬깃 구겨 재떨이에 던져놓고 난 뒤 그가 다시 물었다.

"태풍의 진로는 어떨 것 같소?"

"현재로 봐선 일본 열도 쪽으로 휘어질 공산이 큽니다."

그리고 다시 침묵이 흘렀다. 한동안 하늘을 물끄러미 바라보던 그가 어눌하게 입을 열었다.

"난 이십 년 동안 조종사로 일했소. 하늘에서 바라본 지구가 그렇게 아름다울 수가 없었지. 그런데 이젠 아니오. ……아까 어떤 승객 하나가 고함을 지르더군, 비행기가 흔들렸다고 말이오. 내 얼굴을 후려치지 않은 게 이상할 지경이었소. 어떤 사람은 항공기가 지연되는 바람에 사업을 망쳤다고 소송을 걸겠다고 하더군. 하지만 이런 날씨에 염려해야 할 건 목숨 아니오? 세상이 이상해졌어요. 사람이 미치고 하늘까지 미쳐 돌아가고 있어요."

그러고 나서 기장은 휘적휘적 비행기로 돌아갔다. 얼마 후, 이 백마흔아홉의 승객들을 태운 항공기는 초속 31미터의 드센 바람을 타고 아슬아슬 북쪽 하늘로 올라갔다. 그것을 바라보는 순간 긴 한숨이 터져 나왔다. 끼일낄 요사스런 웃음이 느닷없이 솟구칠 것도 같았고 뼛속 깊이 고여 있던 울음이 한꺼번에 쏟아질 것도 같았다.

그로부터 5분이나 지났을까. 남쪽으로 드리워진 두터운 구름 속에서 보잉 767 항공기가 불쑥 모습을 드러내었다. 수직꼬리 날개에 붉은색 원형 무늬가 선명한 일본항공 항공기였다. 지상과의 거리는 고작 200~300 피트. 항공기는 활주로를 향해 곤두박질을 치며 내려오더니 착륙을 포기한 듯 다시금 치솟기 시작했다. 미처 수평자세를 갖추기도 전에 그 거대한 신예 항공기는 바람에 떠밀려 서쪽으로 그리고 남쪽으로 휘익휘익 밀려났다. 그것은 분명 자력으로 방향을 바꾸고 있는 것이 아니라 바람에 떠밀리고 있는 상황이었다. 저러다 비행기가 뒤집어지지는 않을까 두려움이 일 지경이었다. 십여 초 후 항공기는 가까스로 자세를 바로잡을 수 있었다. 그리고 곧 남쪽 하늘을 점령해버린 검정색 적란운 속으로 사라졌다.

그 시간 이후로 모든 항공기의 이착륙이 금지되었다. 하늘은 거대한 생명체였다. 정말 미국에 있다는 그 원리주의자들 말대로 그것은 살아 있고 분노하는 신이었다.

빗물이 고여 호수처럼 되어버린 계류장엔 쉴 사이 없이 쏟아지는 빗방울로 수없이 많은 파문이 번지고 있었다. 그 파문의 한가운데 왕관 모양이 순식간에 생겨났다 스러졌다. 치호는 생각했다. 태풍이 몰아닥친 오늘 이 공항에서 비행기를 운항시킨 사람은 자신뿐이었다. 그건 대단한 일이었다. 하지만 정말 잘한 일이었을까? ……이런 날씨에 염려해야 할 건 목숨 아니오? 자꾸만 기장의 그 말이 이상한 느낌 속에 다가왔다. 그것이 무엇인가를 암시하고 있는 듯했다.

그러던 어느 순간 그의 동공은 터질듯 확대되었다. 불끈 움켜쥔 주먹에서 땀이 치솟았고 등줄기에서 좌악 식은땀이 흘렀다. 그것이었다. 자신이 항공기의 운항을 결정하는 데 있어서, 안전과 쾌적성, 삶의 여유로움, 생명의 고귀함 같은 것은 단 한 차례도 생각해보지 않았다. 그의 머리에 떠오른 것은 운항을 가능케 하는 법정 기상수치 단 한 가지뿐이었다. 하지만 그 수치가 모든 걸 다 담보하는 것은 아니었다. 공포와 불안 그리고 예기치 못할 사고의 위험 같은 것은 배제되어 있었다. 그것은 책임회피의 좋은 구실이었고, 피안을 가르는 편리한 경계일 뿐이었다. 운항을 결정하던 순간 그는 온전한 인간이 아니었다. 그에게서 영혼은 사라져버리고, 단순명료한 수식과 고정관념과 앙상한 철근 골격 같은 사명감만 남아 있었다. 매사 이런 식이었다. 삼켜! 삼켜! 기장의 일그러진 얼굴에 겹쳐 아내의 모습이 처연히 떠올랐다.

낙동강을 따라 이어진 8차선 도로. 세상 끝까지 날아갈 듯 탁 트인 도로엔 비바람만 무성할 뿐 인적이 없었다. 그는 길가에 차를 세웠다. 안전벨트를 풀고 넥타이를 느슨하게 풀어 내리고 담배연기를 길게 뿜어내었다. 무슨 의식을 치르듯 진중함이 배어 있는 몸짓이었다. 이윽고 그는 휴대폰의 폴더를 열었다. 아내의 휴대폰 전화번호를 하나씩 찾아 누르는 그의 행동에 조금의 망설임도 없었다. 수화기를 통해 흘러나온 아내의 목소리는 밤잠을 이루지 못하기라도 한 듯 탁하게 갈라져 있었다. 상대방이 누구인지를 확인한 아내는 다급한 목소리로 말했다.

"어떻게 된 거예요? 아까 사무실로 몇 번이나 전화를 했는데, 받지도 않고……."

"전화를 했다고?"

"태풍이 불어서……."

뜻밖이었다. 이혼을 해달라는 것 외엔 자신에게 할 말이 없을 아내였다.

"왜 휴대폰으로 전화하지 않았어."

그러나 아내가 자신의 휴대폰으로 전화를 하지 않은 이유를 치호는 잘 알고 있었다. 휴대폰 창에서 아내의 전화번호를 확인하는 순간 그는 서둘러 배터리를 제거해버리곤 했기 때문이었다. 어떻든 아내의 말은 태풍 때문에 그가 치를 고생을 걱정했었다는 이야기였다. 가슴을 꿰뚫고 지나가는 떨림이 설핏 느껴졌다. 담배연기를 두어 모금 더 삼키고 난 뒤, 그는 입을 열었다. 그런데 그 말이 생각처럼 쉽게 나오지 않았다.

"그건 그렇고…… 그거."

"뭐 말예요?"

"……당신 원하는 대로 해줄게."

애써 착 가라앉힌 자신의 목소리에서 치호는 강한 진동을 감지하고 있었다.

"생각해보니까…… 그만 당신을 보내주는 것이 좋겠다는 생각이 들었어. 그동안 내 생각만 하며 살았던 것 같아. 오기였지. 이제 당신 하고 싶은 대로 살아. 내가 해줄 수 있는 일이 이혼뿐이라는 게 우습긴 하지만…… 생각해보니까……그게 좋을 것 같아."

긴 침묵이 이어졌다. 그리고 한참 후 축축이 젖은 그녀의 목소리가 가느다랗게 흘러나왔다.

"아냐. 내가 원하는 건…… 그게 아니란 말이야."

그때 도심 저쪽에서 번쩍 번개가 일고 동시에 전화가 툭 끊어졌다. 전화는 그렇게 끊겼지만 치호의 가슴속에서 아내의 흐느낌 소리가 둔중한 천둥소리와 함께 길게 이어지고 있었다. 하늘은 여전히 기괴한 정적을 머금은 채 암울하게 뒤엉켜 있다. 구름이 층을 이루며 겹쳐 있었고 바람은 인간들에게 본때를 보이려고 작심이라도 한 듯 더욱 맹렬한 기세로 불어오고 있었다. 세상은 먹칠을 한 것처럼 다시 깜깜해지고 있었고 자동차의 천장을 두들기는 빗소리가 커다랗게 증폭되었다.

그는 자동차에 기어를 넣고 천천히 나아가기 시작했다. 내친 김에 아내의 단칸 셋방을 한번 찾아보고 싶었다.

떠나는
사람들

흰 바탕에 빨간색 줄무늬 원피스를 입은 아이가 깡충깡충 춤을 춘다. 아이의 몸짓 하나하나에서 신바람이 담뿍 묻어난다. 사람들이 좌석배정 카운터 앞에 길게 줄을 서 있다. 커다란 여행용 가방에 배낭을 짊어지고 손에는 여권이며 비행기 표를 움켜쥐고 있었으나 그 모습이 금방이라도 날아오를 듯 가볍고 경쾌해 보였다. 짙은 색깔의 선글라스를 낀 사람들 사이를 하늘색과 남색, 그리고 흰색이 조화를 이룬 맵시 있는 유니폼을 입은 항공사 직원들이 바쁜 걸음으로 오가고 있다. 시간에 쫓기는 듯 뭉치의 서류를 움켜쥐고 달리고 있는 그녀의 발에선 따다닥 소리가 연달아 났다.

카운터 앞에서 탑승객을 안내하고 있던 나는 한순간 동작을 멈췄다. 한 젊은 여인 때문이었다. 긴 머리에 흰색 미니 원피스를 입은 여인이 기내 휴대용 빨강색 가방을 끌고 탑승수속 카운터 쪽으로 다가오고 있었다. 상큼한 기운이 차르르 내리깔리는 듯한 깊은 눈이 인상적이었다. 그녀의 하얀 피부는 태평양 한가운데 작은 섬, 금빛으로 반짝이는 해변을 떠올리게 하였고 매초롬한 몸매는 신화와 일상을 가르는 마법의 선 같았다. 경쾌함, 정갈함, 고결함— 그런 이미지들이 그녀에게서 풀풀 풍겨 나왔다. 미인이었다. 스물 대여섯쯤으로 보이는 그녀는 내게 비행기 표를 내밀었다.

"스위스 바젤로 가시네요. 유학 가시는 건가요?"

연분홍빛 립스틱이 가볍게 발린 그녀의 입술에서 튀어나온 대답은 뜻밖이었다.

"아저씨가 무슨 상관예요? 표만 팔면 됐지."

"예, 아무것도 아닙니다. 대개 유럽 하면…… 파리나 로마 런던, 이런 델 가시거든요. 또 혹시 스위스 취리히라면 몰라도."

공항 탑승수속 카운터 벽면, 지상을 박차 오르는 비행기가 그려진 광고판에 눈길을 두던 그녀가 시선을 반짝이며 말했다.

"포돌스키 아세요? 그 사람 만나러 가요."

"무슨 스키요?"

그때 텔레비전 앞에서 울려 퍼진 함성 소리로 우리의 대화는 잠시 끊어졌다. 텔레비전에서는 유로2008 스위스 경기가 한창이었다. 초록빛 융단을 깔아놓은 듯한 경기장이 화면 가득히 펼쳐지고 그 위엔 톰 크루즈, 디카프리오, 아놀드 슈왈츠제네거를 닮은 선수들이 뛰고 있었다. 그들이 뿜어내는 땀과 열기, 관중석에 들불처럼 번지고 있는 함성 속에서 스릴과 서스펜스로 점철된 한 편의 서사시가, 트로이 전쟁, 트라팔가 해전, 적벽대전같이 격렬한 그러나 잔인하다고 할 수는 없는 전투가 펼쳐지고 있었다.

"이 공항은 이상하네요? 후져. 엘에이 공항은 안 그런데. 미국말예요."

"뭐가요?"

"너무 어둡잖아요. 꼭 무슨 판잣집 온 것 같아."

그녀가 팔을 들어 천장 어딘가를 가리켰다. 그 바람에 깊게 파인 겨드랑이로 검정색 브래지어 윗부분이 슬쩍 드러났다.

"그래요? 전 괜찮은데요?"

"됐어요."

"좌석은 어떤 걸로 드릴까요."

"아무거나 줘요."

내가 건네준 탑승권을 받아 쥐고 그녀가 획 몸을 돌렸다. 순간 그녀의 새하얀 드레스가 나비의 날개처럼 활짝 펴졌다 가라앉았다. 무슨 스키를 만나러 가는 것이냐는 나의 질문은 해답을 얻어듣지 못한 채였다.

환희와 활기로 가득 찬 대합실 안과는 달리 밖엔 장맛비가 활개를 쳤다. 새벽녘에 또다시 후드득 듣기 시작하던 빗방울이 시간이 갈수록 굵어지고 있었다. 두터운 비구름에서 내려앉은 어둠의 입자가 지상의 모든 것을 잿빛으로 만들어놓고 있었다. 국내선 청사로 넘어가는 고가도로에 뽀얗게 물방울이 튀어 솜이불을 길게 깔아놓은 듯했다. 동쪽으로 난 유리벽 너머 백양산의 모습이 보이지 않았다. 낙동강 위로 더욱 높게 솟아난 안개 때문이었다. 시멘트 바닥에 부딪치는 빗소리에 섞여 이따금 천둥소리도 들려왔다. 물기를 듬뿍 머금은 비구름이 활주로의 가까이 내려앉고 있었다. 이러다 비행기가 못 가는 게 아닌가. 직업이 직업인지라 비만 오면 그런 생각이 들었다. 나는 대합실 밖에서 담배를 피우다 말고 후다닥 안으로 뛰어 들어갔다.

흡사 거대한 수족관 안에 들어선 느낌이었다. 공항 청사의 유리 벽면을 가득 적시며 흘러내리는 빗물 때문이었다. 대합실 안 곳곳에 세워져 있는 야자수며 벤자민고무나무 덕택에 식물원 안에 있는 기분도 들었다. 금방이라도 천지를 물속에 가두어버릴 것 같은 빗줄기 속에서도 청사 안은 문자 그대로 현대판 노아의 방주였다. 폭우와 바람의 위협으로부터 완전하게 보호되고 있는 방주에서처럼 대합실 화사한 조명 아래, 사람들이 내뿜는 반짝이는 눈빛들이 둥둥 떠다니고 있었다.

"택시를 탔는데 요놈의 운전기사가 김해공항을 모르는 거야. 시골택시라 그런지 내비게이션도 없고. 그래서 김해시라는 팻말만 보고 죽 들어왔는데…… 웬걸…… 공항은 안 나오고 버스 터미널이 나오는 기라. 그래서 버스 터미널이 있으니 비행기 터미널도 있겠지 하고 한참을 들어갔는데, 이번엔 시장통이 나오는 기라. 그 시장 빠져 나오느라고 얼마나 똥줄이 탔는지…."

왕골로 만든 카우보이모자를 삐뚜름하게 쓴 남자가 허공에 팔을 휘저으며 말했다. 그가 얼마나 열변을 토하던지 말을 할 적마다 얼굴의 모든 근육이 한꺼번에 씰룩거렸다.

"할 수 없이 택시를 세워가꼬 지나댕기는 사람에게 물어보이 요리요리 어디로 가라꼬 안 카나. 그래서 겨우겨우 찾아온 거 아이가."

"그래서 니 늦었구나. 김해공항이라고 해서 김해가 아이다. 여기는 부산이다. 부산."

"그나저나 내 간밤에 한숨도 못 잤다. 니는 좀 잤나?"

"아니. 이상하게 잠 안 오데. 우리 어릴 때 초등학교 소풍가는 거 맨치로. 소풍가기 전날 니 잠 오드나?"

"야, 소주팩 열 개 챙겨 왔는데 이것 가지고 될까? 안 모자랄까?"

"몇 개 더 가져오지. 밖에 나가면 이거 한 개 얼만데……에이."

곳곳에서 웃음소리와 괴성이 폭죽처럼 피어오른다. '마음의 설렘이 시작되는 곳.' 국제선 여객청사 외벽에 커다랗게 걸려 있는 문구다. 그렇다. 공항에선 모든 것이 즐거움의 대상이 된다. 세상은 아름답고 인생은 즐겁다. 이것이 공항을 한마디로 나타내는 말이지 싶다.

텔레비전에선 유럽 축구 경기를 종일 내보내고 있었다. 앞에 모여선 일단의 사람들에게서 탄식과 환호성이 간단없이 터져 나왔다. 그곳은 별천지였다. 텔레비전 속 하늘은 밤이었는데도 진청색으로 은은히 빛났다. 경기장 천장에서는 은빛 조명이 현란하게 쏟아지고 있었다. 군청, 자주, 주황, 노랑, 하양, 지상의 온갖 색으로 모자이크를 해놓은 듯한 관중석에선 대형 깃발들이 끊임없이 펄럭였다. 휘날리는 깃발들은 꿈의 세계로 이끄는 신호처럼 보였다. 화면의 대부분을 차지한 녹색 잔디에선 주황색과 파란색의 유니폼을 입은 선수들이 경기를 벌이고 있다. 프랑스와 덴마크의 경기였다. 골문 앞에서 동시에 뛰어올라 시옷자 모양으로 어깨를 부딪치고 있는 두 선수가 클로즈업되고 연이어 카메라는 그 너머 골키퍼가 두 주먹을 불끈 쥐고 볼을 쳐내는 장면을 보여주었다. 쏟아지는 함성과 탄식. 뛰고 달리고 구르고 공중제비를 넘는 선수들, 날카롭게 내려뜬 눈, 번쩍 치켜뜬 눈, 전방을 향해 부릅뜬 근육질 젊은이들이 연녹색 운동장을 어지럽게 오갔다. 그러다 한순간 함성이 터지고 한 선수가 두 손가락을 추켜올려 하늘로 향한다. 골이다. 관중석에 모자이크처럼 깔려 있던 색깔들이 일시에 뒤섞이는가 했더니 이내 용솟음치며 소용돌이를 이뤘다. 그곳에서 터져 나온 소리들은 고막의 기능을 한순간 정지시켰다.

사무실로 돌아온 나는 컴퓨터로 기상상황을 체크했다. 낮은 구름에 바람, 시계불량까지 겹치긴 했지만 아직 기준치 이하는 아니었다. 나빠질 가능성도 있었지만 그렇지 않을 가능성 쪽에 내심 무게를 두었다. 날씨라는 게 사람 마음대로 되는 게 아니니 좋은 쪽에 방점을 찍어두는 것이 마음에 편했다. 무전기로 기장의 의견을 물어보려다 그만두었다. 오늘 비행기를 몰 캐나다인 기장은 칼 같은 사람이다. 손톱만 한 문제만 있어도 규정을 들먹이며 비행기를 지연시키거나 결항시키기로 소문난 사람이었다.

사무실을 나서려는 순간 눈앞을 스쳐 지나가는 것이 있었다. 하얀 미니 원피스를 입은 그녀, 아름다운 폭탄이었다. 그것은 사람의 형상이 아니라 그저 하얀색의 한 덩어리 이미지만 같았다. 좌석배정을 마친 그녀는 곧장 출국수속장으로 들어가지 않았다. 패션쇼의 런웨이를 거니는 듯한 그녀의 모습은 에스컬레이터 위에서, 3층 인터넷 센터에서, 스타벅스 앞에서 종종 눈에 띄었다. 벽에 걸린 파리의 에펠탑이나 몰디브의 에메랄드 빛 바다를 바라보며 무슨 생각에 잠긴 듯 서 있기도 했다. 이번 여행의 모든 순간을 가슴에 꼼꼼히 새겨두려는 듯한 모습이었다. 그러고 보니 아까 축구경기를 보던 사람들 속에서 그녀를 본 듯했다. 텔레비전 앞을 지나는 순간 얼핏 그 여자의 모습이 보였다. 긴 머리에 흰 원피스의 그녀가 텔레비전을 금방 태워버리기라도 할 듯한 눈초리를 하고 거기 서 있었다. 나는 자신도 모르게 그녀를 향해 몇 걸음을 옮겼지만 가까이 다가갔을 때 그녀의 모습은 보이지 않았다.

"이 대리. 기장님이 찾아요, 오버."

손에 들고 있는 무전기가 지지직거리며 메시지를 토해내었다. 계류장에서 비행기를 살펴보고 있던 정비사였다. 쿵! 가슴에서 가벼운 충격음이 울렸다. 까다롭기로 소문난 캐나다인 기장이 이토록 줄기차게 퍼부어지는 비바람을 그냥 넘길 리가 없었다. 나는 바삐 비행기로 갔다. 내가 근무하는 곳은 외국 항공사로서 직원이라야 여직원 하나와 단 둘뿐이었다. 오늘따라 그 여직원의 휴무 날이어서 모든 일을 나 혼자서 처리해야 했다. 조종실 문을 두들기자 회색 머리칼에 파란 눈을 한 기장이 허리를 뻗어 문을 열어준다.

"패신저는 얼마나 되죠?"

기장이 빠르게 조종석에 몸을 바로잡으며 물었다. 비좁은 조종석에 덩치가 커다란 그가 허리를 펴고 서 있을 만한 여유는 없었다. 조종석에 들어올 때마다 나는 가벼운 어지럼증에 사로잡힌다. 여러 가지 형태의 수많은 계기와 단추, 레버, 램프 등으로 한 뼘의 공간도 없이 가득 채워진 내부 모습 때문이다. 사람이 거주하는 공간이 아니라 커다란 기계 속으로 들어와버린 기분이다. 숫자와 알파벳과 파랗고 빨갛고 노란 작지만 예리한 빛들이 어지럽다. 하지만 그것들의 조합이 비행기를 날아가게

한다. 조종사들은 어떻게 저 단추 하나하나 계기 하나하나의 기능과 조작법을 터득하고 있는 것일까. 조종사들은 모두 천재이거나 오랜 비행의 결과로 최첨단 컴퓨터처럼 변해버린 것만 같았다.

"이백오십세 명입니다. 거의 만석입니다."

나는 영어로 능숙하게 대답을 한다. 나름대로 거침없는 답변이긴 했지만 나의 어설픈 발음 때문에 기장이 알아듣기엔 고생깨나 하리라는 생각이다.

"기상청 데이터에 의하면, 활주로 시정이 500밖에 나오질 않아요. 실링도 낮고. 지금 바람이 남쪽에서 10에서 11노트로 불고 있는데 16노트 정도의 돌풍도 있다는 거야. 나 지금 못 갑니다. 나 바람이 잘 때까지 기다립니다."

기장의 말이 끝나는 것과 동시에 내 몸속에서 검은 연기를 뿜어내며 퉁탕퉁탕 발동기 돌아가는 소리가 들렸다. 소리뿐만 아니라 진동도 느껴졌다. 나는 입술을 꽉 깨문다. 이런 경우가 공항직원으로선 가장 두려운 순간이다. 내 시선이 기장의 가지런한 콧수염에 머물렀다. 언젠가 나도 한번 길러보고 싶은 멋진 콧수염이다. 하지만 비행기를 정시에 몰고 가지도 못하면서, 콧수염이며 금줄이 네 개나 달린 조종사 유니폼이 무슨 소용이 있을까. 비행기는 무조건 가야 한다, 정해진 시각에. 그것이 항공사 업무의 기본이고 원칙이다. 그가 눈시울을 씰룩하며 말을 더 이어갔다.

"남쪽 상공에 선더스톰이 있어요. 여태껏 경보가 내리지 않는 것이 이상해. ……스탠바이 해봅시다. 만약 우리 오늘 못 가고 여기서 자게 되거든 호텔 내 방은 넌스모킹 룸으로 해줘요. 어젯밤 잠을 자는데 방에서 니코틴 냄새가 나서 혼났어."

나는 조종사에게 뭐라고 한마디 해주고 싶었다. 해외여행에 대한 기대감으로 들떠 있는 승객들에게 지연이나 결항을 이야기한다는 것은 기름에 불덩이를 던지는 것과 같은 일이었다. 어지간하면 당장 비행기를 몰고 날아가 달라고 그의 팔이라도 붙들고 사정이라도 하고 싶었다. 그러나 나의 긴 사연은 언어로 조합되어 나오질 못했다. 그의 갈색 눈과 완강하게 치솟은 높은 콧날을 보는 순간 나의 기도가 터무니없는 것임을 깨닫기도 했다.

"미스터 리, 나가면서 정비사 좀 불러줘요. 연료 더 넣어야겠어. 기상이 안 좋으니까."

조종실 문을 닫고 비행기를 나왔다. 비행기가 제시간에 가지 못하면 큰일이었다. 네 죄를 네가 아느냐 하고 불호령이라도 놓고 싶은 심정으로 나는 하늘을 향해 눈을 부라렸다. 먹구름을 잔뜩 머금은 하늘은 지상에 내려앉아 활주로 한쪽 끝을 집어삼키고 있었다. 하늘이 원망스러웠다. 심술이 잔뜩 난 저 하늘을 달랠 수만 있다면 무슨 짓이라도 할 수 있었다. 만약 비행기가 장시간 지연되거나 결항이라도 되면 큰일이었다. 오늘은 나 혼자뿐이었다. 승객은 이백오십 명이 넘었다. 방콕에 있는 본사와 상의해서 새로운 스케줄을 결정해야 하고, 탑승객들이 쉴 호텔방을 잡아야 하고, 버스를 동원해서 실어 날라야 하고…… 더구나 방금 잡은 현행범을 문초하는 듯 매서운 승객들의 눈초리를 감당해내야 했다. 혼자서, 도대체 혼자서 무얼 할 수 있단 말인가. 하늘이 저지른 잘못을 나 혼자서 몽땅 책임지는 꼴이었다. 이놈의 회사는 왜 직원을 안 뽑아주는 거야! 좁다란 탑승교를 걸어 나오며 나는 허공을 향해 손에 든 워키토키를 불끈 휘저었다. 문득 아름다운 폭탄, 그녀의 얼굴이 떠올랐다. 그녀마저 어머, 이를 어째! 하고 소리를 지르며 풀썩 주저앉을 것만 같았다.

"현수 씨. 현수 씨."

삼 층에 있는 사무실로 가려는데, 에스컬레이터 옆 스낵코너 여사장이 날 불렀다.

"저 여자 좀 이상하지 않아요?"

그녀는 작은 목소리로 스낵코너 한구석에 앉아 있는 여자를 가리키며 말했다. 거기엔 뜻밖에도 그녀가 앉아 있었다. 잠자리 날개 같은 하얀 드레스를 입은 그녀, 아름다운 폭탄이었다. 손지갑, 빗, 여권, 휴지, 립스틱, 화장품 샘플, 여행자용 작은 헤어드라이어…. 이런 것들이 그녀의 앞 탁자 위에 가득 널려 있었다. 그녀는 여전히 활짝 벌어져 있는 손가방에 코를 박고 있었다.

"왜요?"

"커피값을 낸다고 온 가방을 다 뒤지고 있어요. 아까는 저기 저 빨간색 큰 가방 안에 들어 있던 것을 몽땅 다 여기 탁자 위에 꺼내놓고는…… 난리도 그런 난리가 없었어요."

"우리 비행기 손님인데요?"

"찻값은 마시고 나서 갈 때 주면 되는데 주문하자마자 돈부터 준다고 그 난리를 피울 건 뭐예요? 그것뿐만 아니라 아까부터 뭐라고 혼자 주절주절, 여기 메뉴판을 보고 예전에 먹어봤는데 맛이 있다는 둥, 없다는 둥 혼자서 중얼거리는 거예요. 오렌지 주스 한 잔 주문하는 데 십 분은 걸렸을 거예요."

나는 그녀에게 다가갔다. 그리고 그녀가 찾고 있을 검정색 지갑을 그녀의 다리와 의자 사이에서 발견했다.

"손님. 혹시 찾고 있는 게 그거 아닌가요?"

나는 지갑을 가리키며 말했다. 그녀의 지갑 위에서 하얀 허벅지가 눈부신 빛을 발하고 있었다. 내 말을 들은 그녀는 고개를 숙여 자신의 지갑을 손에 들었다. 그리고 값을 지불하고 얼음이 다 녹아버린 주스를 마시기 시작했다. 한차례 나를 쳐다봤을 뿐 어떤 표정의 변화도 없었다.

"이런 경우 흔히 있죠. 여권이나 탑승권을 잃어버렸다고 난리를 피우는 경우 말예요. 그런데 대개 자기가 손에 쥐고 있거나, 저고리 포켓같이 가장 꺼내기 쉬운 곳에 들어가 있어요. 그걸 깜박 잊고 엉뚱한 델 찾느라고 법석을 부리죠. 여행은 사람의 마음을 들뜨게 하니까요."

그녀는 비교적 자상한 내 말에 아무런 응수도 하지 않았다. 다만 한차례 더 내 얼굴을 흘낏 바라보았을 뿐이다.

"해외여행 자주 하시나 보죠? 아까 엘에이 공항 말씀하시던데, 전 항공사에 다니면서도 아직 한 번도 못 가봤습니다. 아주 친한 동창 녀석이 한 놈 거기 살고 있는데 말입니다. 그 녀석이 시에라네바다 산맥 종주 한번 하자고 늘 성화거든요."

꼭 고맙다는 말은 아니더라도 뭔가 한마디쯤 건네올 만도 한데, 그녀의 눈빛엔 아무런 변화도 없었다. 그녀의 몸은 뜻밖의 고요로 가득 채워져 있었다.

"참, 아까 스위스 가신다고 그랬죠? 무슨 스키라는 친구 분을 만나러 가신다고…. 그 먼 데를 혼자 가시네요."

그녀는 번쩍 나를 향해 눈을 흘겼다. 마치 자신의 비밀을 들켰다는 그런 표정이었다. 그러나 대꾸는 하지 않았다.

"하긴 어느 책에 보니까 혼자서 하는 여행이 진짜 여행이다 그러더군요. 홀로 떠나는 여행은 나 자신과의 여행이다."

"……."

"비행기 타고 해외 나가는 거, 신나는 거죠. 나도 그러고 싶어요. 반지의 제왕 뉴질랜드, 지상의 낙원이라는 하와이, 알래스카 빙하, 만약 기회가 된다면 그런 델 모두 가보고 싶어요. 지금은 꿈이지만 언젠간 가능하겠죠."

역시 묵묵부답이었다. 그녀가 내 말에 불쾌감을 느낀 것 같지는 않았다. 그저 콧대 높은 여자들의 새침 같은 것일 터였다. 무슨 심보에선지 내 입에선 의도하지 않은 말들이 연해 쏟아졌다.

"태초의 인류는 여행자였다. 그런 말 있죠. 인류의 여러 종들 가운데 살아남은 종들은 유랑생활에 가장 잘 적응한 종들이다. 그런 말을 들은 것 같아요. 무슨 티비 광고였던가?"

그녀가 손에 든 검정 가죽지갑을 커다란 갈색 핸드백에 넣으며 자리에서 일어났다. 내 곁을 스쳐갈 땐 향긋한 비누내음이 풍겨왔다. 그러고 보니 연분홍 립스틱을 발랐을 뿐, 그녀는 화장을 하지 않은 것 같았다. 그렇고도 이토록 예쁠 수 있다는 사실에 나는 다시금 감탄하고 있었다. 몇 초 지나지 않아 그녀는 바퀴가 달린 빨간색 여행 가방을 끌고 군중 속으로 사라졌다. 나의 존재 같은 것은 관심 밖이라는 태도였다.

일이 분 시간이 흘렀을까? 나는 그녀가 앉았던 자리에서 희뜩 번쩍이는 것을 발견했다. 무슨 여행사의 마크가 찍힌 하얀색 메모장이었다. 그것에는 이런 글귀가 쓰여 있었다.

—개들은 끊임없이 늑대들을 찾아 대초원을 누빈다. 늑대를 개로 만들기 위해서!!!

볼펜으로 꾹꾹 눌러쓴 글이었는데 여러 개의 구슬을 또르르 늘어놓은 듯 동글동글한 글씨가 예뻤다. 글을 몇 번이나 반복해서 읽어보았다. 알 듯 모를 듯 기묘한 말이었다. 나는 메모지를 호주머니에 깊숙이 찔러 넣었다. 아까의 머쓱함이 조금은 보상을 받은 듯한 기분이었다.

거대한 유리창에 빗줄기가 사선이 아닌 수직으로 떨어지고 있었다. 유리창에 와 부딪친 물방울도 느릿느릿 아래로 흘러내렸다. 바람이 잦아든 것이었다. 그때 무전기에서 싸아 하는 잡음과 함께 악을 쓰는 듯한 소리가 들렸다.

"어이, 이 대리, 보딩 시작해! 날씨가 다시 안 좋아질 거 같으니까 빨리빨리 하자고."

다행이었다. 원래 출발보다 이삼십 분 늦어진 시각이었지만 불평하는 승객들은 없었다.나는 탑승교로 달려갔다. 공항 청사와 비행기를 이어주는 좁다란 통로. 이것은 문자 그대로 꿈으로 가는 관문이고 천국으로 이어지는 통로였다. 탑승교 한쪽으로 펼쳐진 드넓은 평지, 그 끄트머리에 나지막하게 펼쳐진 푸르른 산맥 그리고 태곳적 모습 그대로의 하늘은 떠나는 이들의 마음을 한껏 부풀게 한다. 도심에서는 좀처럼 볼 수 없는 풍경이기 때문이다. 그리고 무엇보다 탑승교의 끝에 숨을 죽인 채 서 있는 거대한 항공기의 동체. 이보다 더 신나는 유람선은 없다.

"안녕히 가세요. 잘 다녀오십쇼."

나는 탑승교 맨 끝에 서서 비행기에 오르는 사람들에게 인사를 시작했다. 늘 하는 짓은 아니었지만 오늘은 그래야 할 이유가 있었다. 개들이 늑대를 개로 만들기 위해 초원을 쏘다닌다는 어마어마한 사실을 내게 알려준 그 여인의 떠나는 모습이 궁금했던 것이다. 이윽고 푸르른 탑승교가 일순간 하얗게 빛났다. 훅 불면 날아갈 듯 얇은 흰색 원피스를 입은 그녀, 아름다운 폭탄이 모습을 드러낸 것이다. 그녀는 수많은 사람들 가운데에서도 단연 눈에 띄었다.

그녀가 탄 비행기는 바람을 타고 떠오르자마자 낮게 떠 있는 짙은 암회색 구름 속으로 사라져버렸다. 그 모양이 너무나 감쪽같아서 마치 비행기 같은 것은 처음부터 존재하지 않았던 것처럼 느껴졌다.

비행기를 떠나보낸 나는 청원경찰이 지키고 있는 보세구역 통로를 거쳐 대합실로 나왔다. 대합실은 여전히 인파로 가득했다. 항공사 카운터 앞에 길게 늘어선 사람들의 행렬을 피해 나는 대합실 한가운데로 돌아 나왔다.

—아! 슛! 골인, 고올인! 드디어 포돌스키가 폴란드를 향해서 일격을 가하고 말았군요.

포돌스키? 나는 멈칫했다. 귀에 익은 그 이름은 여행안내소 옆 기둥에 장착된 대형 텔레비전에서 쏟아진 소리였다.

—그렇습니다. 수비수 둘을 제치고 등번호 20번 포돌스키가 폴란드 골문을 향해서 대포알 같은 발리슛을 퍼부었군요. 대단

합니다. 환상적입니다. 이런 짜릿함 때문에 온 세계가 오늘 축구에 열광하는 거 아니겠습니까?

텔레비전은 흰색 상의에 검정색 팬츠를 입은 한 독일 선수를 클로즈업시켜 보여주고 있었다. 계란형의 긴 얼굴, 넓은 이마로부터 분명한 선을 그으며 내려온 콧날, 짧게 깎은 연갈색 머리칼. 깊고 어찌 보면 우수에 잠겨 있는 듯한 눈이 화면을 가득 채웠다. 폭죽이 터지고, 부부젤라 나팔소리가 고막을 찢어낼 듯 극성을 부리고, 관중들이 일시에 일어나 팔을 휘젓고 몸을 비틀고 악을 쓰며 환호를 했다. 그 열광의 현장에서 폴 뉴먼을 닮은 그는 고개를 늘어뜨린 채 연녹색 운동장을 걷고 있었다.

—아아, 그렇습니다. 포돌스키, 정말 대단한 선숩니다. 그는 원래 폴란드 태생이죠. 그런데 폴란드 감독이 자신을 국가대표선수로 기용하지 않자, 독일에 귀화해서 국가대표선수가 된 것입니다. 그런데 독일은 과거 여러 차례 폴란드를 침공한 적국이잖습니까? 적국의 유니폼을 입고 자신의 모국을 행해 대포알 슛을 퍼부은 셈이잖아요?

—아, 그래서 골을 넣고도 표정이 어두운 거로군요.

—맞습니다. 한 기자가 경기가 시작되기 전 포돌스키에게 폴란드와 독일, 양 국가가 연주될 텐데 어느 나라 국가를 따라 부를 것이냐고 질문을 했답니다. 다분히 포돌스키의 이중국적을

의식한 거죠. 한마디로 대단히 짓궂은 질문이었다 그겁니다. 아무튼 포돌스키는 양국의 국가를 모두 알지만, 어느 것도 따라 부르지는 않을 것이라고 답했답니다. 자신이 두 개의 조국 가운데 하나를 선택했어야만 했고 다른 조국을 상대로 패배를 안겨야 했던 운명 때문에 오늘 포돌스키의 표정이 저토록 어두운 것이 분명합니다.

그제야 나는 분명히 깨닫게 되었다. 그녀가 스위스 바젤까지 가 만나려고 한다는 무슨 스키가 바로 이 포돌스키였다. 아까 텔레비전 앞에서 축구경기 장면을 뚫어져라 바라보던 그녀의 눈빛이 그걸 증명하고 있었다. 하지만 아름다운 폭탄이 그 포돌스키와 어떻게 해서 연관을 짓게 된 것인지 아무리 생각해도 알 수 없었다.

잠시 기세가 수그러들었던 빗줄기는 다시금 거세지고 있었다. 광란의 화가가 마음껏 휘저어대는 붓질처럼 대합실의 거대한 유리 벽면에 빗방울이 복잡하고도 어지러운 무늬를 끝없이 그려내고 있었다. 한순간 우연히 나타났다가 덧없이 사라진 여인이었지만, 어쩐지 폭우가 한차례 휩쓸고 지나간 느낌이었다.

그녀가 탄 비행기가 포돌스키를 향해서 날아간 지 하룻밤이 지났다. 출근을 한 나는 늘 하던 대로 전문부터 챙겼다. 텔레타이프에는 전문이 여러 장 날아와 있었다. 스위스로 가는 항로의 경유지 방콕공항에서였다.

> 성명 이영란. 27세. 여자. 국적 코리아. 방콕 공항에 도착한 후 여권과 비행기 표를 찢고 고함을 지르는 등 이상 증세를 보여 스완나품 공항 인근 정신병원에 긴급 후송됨. 지금 입원 가료 중이나 언어 소통상의 문제로 아무런 치료도 받지 못하는 상황임. 한국의 보호자들에게 연락하여 환자를 어떻게 할 것인지 긴급 연락 바람.

이영란. 나는 그 이름을 되뇌어 보았다. 그리고 일 분이 채 지나지 않아 그 이름의 정체를 깨달았다. 아름다운 폭탄, 그녀였다. 유로월드컵이 열리고 있는 스위스로 포돌스키를 만나러 간다던 수수께끼 여인. 한데 병원이라니. 그것도 의사소통이 치료의 절대적인 수단인 정신병원이라니. 그토록 아름다운 여자가 정신이상자라니. 돌이켜 생각해보니 어제 카운터나 커피숍에서의 행동이 조금 이상하긴 했다. 순간 내 머리에 떠오른 것은 '국제 미아'라는 단어였다. 그건 안 될 소리였다.

출국신고서에 적힌 영란 씨의 주소를 들고 그녀의 집을 찾아 나섰다. 출국신고서엔 집 전화번호가 나와 있지 않았고 그녀의 휴대전화는 먹통이었다. 공항을 떠난 지 한 시간여 자동차를 몰고 언덕길을 올랐다. 내 손에 쥔 주소는 해방 후 역사를 보여주는 흑백 다큐멘터리 속으로 날 이끄는 듯했다. 무엇 하나 번

듯한 것이 없었다. 낡고 찌그러진 집들과 색 바랜 간판들. 군데군데 아스팔트가 깨어진 좁은 길 양편에는 자동차들이 줄줄이 늘어서 있었는데, 그 모습이 무척이나 이물스러웠다. 영락없이 영화 속 피난촌을 닮은 동네였다. 스위스로 포돌스키를 만나러 간다는 여인의 이미지와는 영 어울리지 않는 풍경이었다.

삼거리 비디오. 동 주민센터 직원이 가르쳐 준 비디오 가게의 간판이 저만치서 보였다. 황토색의 낡은 건물이었다. 이층에는 금방이라도 삭아 내릴 듯한 창틀이 세 개 걸려 있고 그 아래 꽃집과 비디오 가게 그리고 북경중화요리라는 간판을 내건 중국집이 들어서 있었다. 분홍색 바탕에 붉은색 장미 한 송이가 그려진 동백화원이라는 60년대식 간판도 그 건물의 곁에서 보였다. 주민센터 직원의 말에 의하면 아름다운 그녀의 집은 그 골목 안쪽 어디엔가 있었다.

주차금지 팻말이 매달린 전봇대를 끼고 오른쪽으로 들어갔다. 더욱 좁아진 골목 안쪽으로 대문에 진초록 페인트가 칠해진 낡은 단층집이 보였다. 밀면 금방 넘어갈 듯한 철제 대문 옆에는 재래식 화장실이 세워져 있었다. 순간 고개가 한쪽으로 기우뚱 기우는 것과 동시에 뒤늦은 깨달음처럼 한 소리가 뇌리를 자극했다. 이 공항은 이상하네요? 후져. 꼭 무슨 판잣집 같아.

나는 문을 두들겼다. 안에선 아무런 기척도 없었다.

"여보세요. 누구 안에 계세요?"

좁고 가파른 골목길. 구불구불 이어진 담벼락과 처마를 맞대고 서 있는 허름한 집들. 금방이라도 삭아 내릴 듯한 지붕과 찌그러진 채 위태롭게 매달려 있는 문짝들을 바라보며 나는 여러 차례 문을 두들겼다. 그리고 다시 한 번 주소를 확인했다. 맞았다. 하지만 아무래도 보석을 조합해 만든 것 같은 그녀의 모습을 상상해낼 수는 없었다. 엉뚱한 집 주소를 적어 온 것이 분명했다. 그녀는 왜 스위스 바젤로 가려고 했을까? 게다가 이영표나 박지성도 아니고 포돌스키라니?

그렇게 반신반의를 반복한 지 삼십 분여 만에 외출했다가 돌아오는 그녀의 아버지를 만날 수가 있었다. 바로 그 진초록 철대문 앞에서였다. 검붉은 색에 마른 가죽처럼 거친 피부를 가진 노인이었다. 검정색과 회색이 뒤엉킨 성긴 머리칼은 그가 살아온 세월의 고단함을 말해주는 듯했다. 두 평 정도의 좁은 방에서 그와 마주 앉았다. 거실에 누워 있던 커다란 고양이가 그의 뒤로 느릿느릿 걸어갔다. 나는 그에게 아름다운 폭탄, 영란 씨에게 일어난 일들을 설명했다. 작고 깡마른 몸매, 선해 보이기 그지없는 눈빛, 평생 누구에게 피해를 준 일이 없을 것 같은 그가 한순간 얼굴을 일그러뜨렸다.

"일 났네!"

그의 첫 말이었다. 그가 입을 벌릴 적마다 누런 이 사이로 색바랜 금니가 두어 개 빛을 내었다.

"사실로 말하자면, 그 아가 정신이 좀 성칠 못해요."

그의 코에서 양 볼로 내리뻗은 두 줄기 골이 더욱 깊게 패이기 시작했다. 그의 모습에서 영란의 환상적인 이미지를 도무지 유추해낼 수가 없었다. 궁핍이 노인을 이렇듯 험한 모습으로 만들어놓은 것인지도 몰랐다. 아니면 미와 추라는 것은 본디 같은 것일까.

"각중에 무슨 바람이 났는지, 이놈의 가스나가 텔레비 보면서 가심에 무신 한이 맺힌 것맹쿠로 스위스 스위스 캐 싸더니만… 아이고 참, 낭팰세."

"어르신. 아무튼 빨리 가보셔야겠습니다. 태국은 비자도 필요 없으니 시간을 절약하실 수 있어요. 여권은 가지고 계시죠?"

그가 힘없이 고개를 가로저었다.

"다른 가족분 가운데는요?"

"그러니까…… 그기 우리 집에…."

"가족이 어떻게 되는가요?"

"지 우로 오래비 하나 있고 언니 있고 그렇지요. 개가 젤 막냅니더."

"그분들 가운데 여권을 가지신 분이 아무도 안 계시다 그 말씀이신가요?"

"없어요. 여권 그기 우리한테 도통 무신 소용이 있어야지."

"왜 하나쯤 만들어놓으시지 그러셨어요. 요즘은 해외여행을 하건 안 하건 여권은 다들 가지고 계시는데요. 주민등록증이나 마찬가지 아닙니까."

"글쎄, 생각도 못 해봤십니더. 하모예. 먹을 쌀도 귀한 판에 비행기 탈 일이 있어야지요. 우리 같은 사람한테 그기 남의 나라 이야깁니더."

"그럼 영란 씨가 아무도 모르게 여권을 준비하고 비행기 표를 사고 그랬단 말입니까?"

"그런 모양이구마는."

"어디서 돈이 나서 비행기 표를 샀을까요? 그것도 스위스까지?"

"아, 글쎄. 그캐서 답답하다 안 캅니까."

난감한 일이었다.

"그놈의 가시나가 허파에 바람만 빵빵 들어가지고 요만할 때부텀……."

노인은 자신의 허리춤을 손바닥으로 가리키며 말했다.

"해외여행 한번 가는 게 꿈이었어요. 카지만 내 사는 형편이 이런데 우찌 여행을 보낼 수 있겠능교. 아즉까지 제주도 수학여행 한번 못 보냈다 카이."

"사모님은요?"

"지 에미 오래전에 세상 버려뻤지. 우리 아가 두 살 때 아닌교. 영란이 이노마는 지 어미 얼굴도 모르고 컸지."

그의 말이 쓸쓸했다. 영란의 눈빛에서 언제나 묻어나던 간절한 무엇. 그것은 얼굴도 보지 못한 어머니를 향한 그리움 아니었을까? 그 맺어질 수 없는 그리움이 미지의 세계로 그녀를 자꾸만 내몰았던 것은 아니었을까?

어쨌거나 아버지는 부랴부랴 여권을 마련했다. 보통 일주일은 걸리는 기간을 사정 이야기를 들은 공무원들의 배려로 단축시킬 수 있었다. 그리고 얼마간의 여비도 급히 마련했을 터였다.

비행기의 좁은 입구로 사람들이 우르르 몰려들었다. 엄마, 갔다 올게. 알았어. 걱정 마. 나 끊는다. 집에 둔 가족들에게 마지막 인사 전화를 하고, 다 마신 스타벅스 종이컵을 어디에 버릴까 두리번거리고, 비행기에 스포츠 신문이 다 떨어졌다는 소리를 듣고 이럴 줄 알았으면 미리 사 올걸 하고 후회를 하기도 하며 사람들은 비행기에 올랐다. 이 세상 사람들 모두 한꺼번에 여행을 떠나는 듯 탑승구는 복잡하고 부산스러웠다.

"우리 그 아가 왜 그렇게 해외구경 못해서 안달을 부렸는지 암만캐도 알 수가 없소. 지 애비 사는 꼴 모르는 것도 아니고."

비행기에 오르기 전 갑자기 발길을 멈춘 영란 씨 아버지가 내게 말했다. 그의 눈빛이 축축했다.

"글쎄요. 개들은 늑대를 찾아서 끊임없이 초원을 누빈다더군요. 늑대를 개로 만들기 위해서."

하필이면 그 말이 튀어나왔을까? 나는 얼른 시선을 돌렸다. 알았다는 뜻인지 모르겠다는 뜻인지 노인은 연신 고개를 주억거렸다. 안녕하세요. 환영 인사를 하는 여승무원의 상냥한 목소리에 영란의 아버지는 황송한 듯 어깨를 조아렸다. 그렇지 않아도 메마른 그의 어깨가 유난히 좁아 보였다.

우우우우웅—. 귀를 먹먹하게 하는 소음과 함께 비행기는 주변의 모든 공기를 빨아 삼키며 활주로를 달리기 시작했다. 그리고 슬그머니 고개를 쳐드는가 싶더니 사뿐 날아올랐다. 비행기의 이륙 장면을 볼 때마다 저 큰 쇳덩이가 어떻게 허공으로 가볍게 날아오를 수 있는 건지 의아했다. 저 묵직한 쇠도 나는데 난 왜 날지 못할까.

오래지 않아 드넓은 창공에 한 개 점으로 변한 비행기가 우물 속에 퐁당 던져진 작은 돌멩이처럼 시야에서 사라졌다. 어떤 흔적도 남아 있지 않았다. 분명히 거기에 있는 것이 보이지 않는다는 사실이 신기했다. 인간은 여행을 통하여 태어난다. 그런 말도 못 들으셨어요? 사람에겐 두 발이 있어요. 두 발이 있으니까 어디로든 달려가는 거죠. 그렇게 말하는, 아름다운 폭탄 그녀의 맑은 목소리가 허공에서 왕왕 울려오는 듯했다. 나는 텅 빈 대지, 텅 비어버린 하늘을 우러러봤다. 대지의 끄트머리 나지막이 엎드려 있는 파릇한 산들. 그 드넓은 공간에서 갑작스레 적막감이 밀려왔다.

붉은 띠

1.

하늘은 잔잔하게 일렁이는 쪽빛 해수면을 연상케 했다. 그것은 너무나 넓고 깊었고, 미세한 보석가루를 뿌려놓은 듯 구석구석이 반짝 빛을 내었다. 신의 자취라는 말은 바로 이런 것이 아닐까 싶었다.

아직은 이른 아침이었다. 8시 42분 예정보다 27분 늦게 뉴저지 뉴어크 공항을 출발한 비행기는 순항하고 있었다. 요람의 흔들림 같은 단속적인 진동이 가벼운 김장감 속에서도 편안함을 느끼게 해주었다. 쏴아앙— 하고 들려오는 엔진 음은 지친 뇌세포를 촉촉이 적시며 스며들었다. 비행기는 서쪽을 향하여 날아가고 있다. 뒤쪽에서 기창을 뚫고 날아온 햇살이 비행기 안에 찬란한 금빛 자취를 던져놓았다.

석우는 담배를 피우고 싶었다. 간절한 욕망이었다. 자잘하게 썰어놓은 황금 조각 같은 햇살을 담배연기와 함께 들이마시면 천상의 맛일 것 같았다. 그는 고개를 휘저어 비행기 안을 휘둘러보았다. 졸거나 책을 읽거나 무엇인가를 마시고 가볍게 이야기를 나누고 있는 사람들의 모습이 한눈에 들어왔다. 평화로운 풍경이었다.

고개를 돌리던 그는 문득 한 사내의 눈길과 마주쳤다. 앞쪽 일등석 맨 뒤쪽에 앉아 있는 젊은 사내였다. 사우디아라비아나 쿠웨이트인 같은 아랍인이었다. 기다란 얼굴에 이마가 벗어진 그의 모습에선 지적인 분위기가 풍겼다. 중동인답지 않은 하얀 피부 그리고 오뚝하고 날렵한 코. 파르스름한 면도 자국. 그러나 무테안경 너머로 깊숙이 잠겨 있는 눈빛에 부딪히는 순간 그는 얼른 시선을 돌리고 말았다. 그것이 슬픔이었을까? 진지함? 아무튼 그의 눈빛에서 까닭 모를 서늘함이 느껴졌다.

문득 그가 어떤 사람일지 궁금해졌다. 옷차림은 후줄근했으나 일등석에 타고 있는 것을 보아 돈푼깨나 있는 사람임이 분명했다. 비즈니스차 미국에 들른 석유회사 직원이거나 제 나라에선 즐길 수 없는 술, 도박, 여자를 마음껏 즐기고 빈털터리가 되어 돌아가는 탕아일 수도 있었다. 아니면 남아도는 시간과 돈을 주체하지 못해 저렇게 부표처럼 떠다니는 석유재벌의 일가일 수도 있었다. 어쨌거나 납처럼 굳어진 그의 표정은 이물스러웠다.

석우는 그에게서 시선을 거두어버렸다. 이물스럽던 또 하나의 얼굴이 떠올랐기 때문이었다. 오늘 자신이 이 비행기에 타고 있는 그 원인의 저변에 그가 있었다.

"야, 강석우. 너 이렇게 고집 피울 거야? 너 이 회사에선 이미 끝났어. 이유 몰라? 어디 한두 개여야지. 까놓고 말해서 너 노조 운동했잖아. 입사하자마자 신입사원 주제에 코피가 터지도록 열심히 일할 생각은 않고… 까놓고 말해서 노조질이나 했으니 인사과에서 가만둘 것 같냐? 네 인사기록카드에 빨간 줄 그어진 지 오래야. 넌 IMF가 뭔지도 모르냐? 너 이번 기회에 명예퇴직 받아들이지 않으면 그냥 해고당하는 거야. 까놓고 말해서 이 개월 치 월급이라도 더 받고 그만두는 게 이익 아니냐? 까놓고 말해서 네 동기들 과장, 차장 하고 있는데, 넌 벌써 구 년째 대리 하고 있잖아. 넌 자존심도 없냐?"

그러니까 4년도 더 지난 날의 일이었다. 석우는 그와 한 시간 가까이 이야기를 하고 있었다. 소갈머리가 좁고 깐깐해서 빈대라는 별명을 가진 최 부장과의 면담이었다. 그의 치켜 올라간 작은 눈 속에선 눈알이 연신 번들거렸다. 어지간히 초조한 표정이었다. 그는 백 가지의 이유를 들어 석우가 권고사직을 받아야 하는 이유를 설명하려 들었다. 그러나 그가 말한 백 가지 이유가 석우의 귀엔 하나도 들어오지 않았다. 그가 관심을 기울이는 것은 최 부장이 "까놓고 말해서"라는 말을 몇 번이나 하는가였다. 그는 "까놓고…"라는 구절을 빼놓고는 단 몇 마디의 말도 이어가지 못하는 위인이었다. 석우는 속으로 "까놓고…"의 숫자를 세고 있었다. 그리고 그 말이 백 회를 넘겼다는 사실을 확인하고 사직서를 썼다.

어차피 각오한 일이었다. 나이 사십이 넘도록 먹여 살릴 처자식이 없으니 사정을 봐달라고 매달릴 필요는 없었다. 그동안 한 번 결혼 비슷한 것을 해보긴 했으나 실패로 끝나고 말았다. 그는 자신에게 여자 복이 없다고 생각했다. 첫 번째 달아난 복이 어머니였다. 어머니는 그가 아홉 살 때 저세상으로 가버렸다. 돌연사였다. 여름날 밤 숨을 크게 세 번 몰아쉰 어머니는 더 이상 숨을 쉬지 못했다. 어머니의 몸은 그대로 굳어버렸는데 사람들은 심장마비라고 했다. 요즘 같이 119구급대만 있었어도 어머니를 살릴 수 있었다. 하지만 그때는 60년대 말이었다. 지금처럼 통금이 없었어도 살릴 수 있었다. 한밤중 택시를 부를 만한 돈만 있었어도, 젊은 여자도 돌연사할 수 있다는 최소한의 상식만 있었어도 살았을 것이었다. 하지만 다 지난 일이었다.

회사를 그만둔 뒤 별다른 계획도 없이 미국으로 넘어온 석우는 뉴저지에 살고 있는 고등학교 동창을 찾아 눌러앉아 버렸다. 세탁소, 패스트푸드점, 세븐일레븐, 음식점 배달, 주유소. 안 해본 일이 없었다. 미국이라는 거대한 사회를 떠받치고 있는 밑바닥 인생이었다. 이야기를 나눌 사람 하나 없었다. 그리워할 사람도 없었다. 삶에서 인간과의 애틋한 관계라는 것을 제거하니 세상은 삭막했다. 하지만 그 단조로움과 메마름이 편했다. 언제부터인가 그에겐 만남이나 이별 같은 것은 존재하지 않았다. 영원의 세월, 마치 그 이전부터 그런 식으로 살아왔던 것처럼 그는 그렇게 살아왔다. 그렇게 보낸 세월이 4년이었다.

2.

석우는 기지개를 켜며 허리를 꼿꼿이 세웠다. 겨우 한 시간 정도 날아왔을 뿐인데 허리에서 우두둑 소리가 나는 듯했다. 비행기는 곱게 포장된 길을 달리는 마차처럼 가볍고 규칙적인 흔들림 속에 목적지가 있는 서쪽을 향하여 곧게 날아가고 있었다. 태양이 높이 떠오르면서 보석의 반짝임 같은 기운은 좀 엷어졌지만 연한 코발트빛 하늘은 여전히 맑고 고왔다.

그러던 어느 순간이었다. 앞쪽 조종실과 면해 있는 비즈니스석 맨 앞 갤리(항공기 내의 요리실, 준비실)에서 무슨 소리가 들렸다. 무엇인가 흐트러지고 부서지는 듯 긴박하고 어수선한 움직임이 온몸으로 감지되었다. 무어라 딱 부러지게 설명할 수는 없었지만, 심상치 않은 기운이었다. 비행기 천장에서 발하는 엷은 개나리빛 조명램프를 무심히 바라보던 석우는 상체를 일으켜 세웠다. 갤리 옆 조종실 출입문 앞에서 다크 블루 유니폼을 입은 갈색 머리 여승무원의 모습이 보였다. 큰 키에 뚱뚱하지도 마르지도 않은 체격의 30대 여자였다. 어깨를 움츠리고 상체가 뒤로 약간 젖혀진 자세로 서 있는 그녀의 표정이 이상했다. 눈이 반쯤 감겨 있었는데, 딱 벌어진 입을 채 다물지 못하고 있었다. 얼굴은 잿빛으로 하얗게 질려 있었다. 그녀의 뒤로 한 사내가 몸을 딱 붙이고 있었다. 사내의 손에 들려 있는 것은 검정색 공작용 칼이었다. 칼의 날카로운 날은 그녀의 우윳빛 탐스런 목덜미를 금방이라도 파고들 듯 위협적인 각도로 정지되어 있었다. 칼을 든 사내는 뭉툭한 코에 다부진 눈매를 가진 아랍인이었다. 세모꼴로 찌부러진 검정색 눈이 치타를 연상케 했다. 다음 순간 조종실 앞쪽에 있는 화장실 문이 벌컥 열리며 한 사내가 튀어나왔다. 잿빛의 펑퍼짐한 점퍼를 입고 있는 그 역시 아랍인이었다. 큰 키에 차분한 인상을 가진 그는 무어라 커다랗게 소리를 치며 몇 걸음 앞쪽으로 내처 걸었다. 그의 근처에 다른 아랍인도 몇 명 보였다. 무테안경에 파르스름한 면도 자국을 가진 아까 그 아랍인의 모습도 보였다. 그러고 보니 일등칸 군데군데에 여러 명의 아랍인들이 앉아 있었다. 우연이라고 말하기엔 수상쩍은 상황이었다. 그들 모두 한꺼번에 자리를 박차고 일어나 조종실 앞쪽에 모여들었다. 갈색 머리 여승무원의 짧고 날카로운 비명이 들림과 동시에 그녀의 목에서 피가 튀었다. 순간 그녀의 주위에 모여 있던 아랍인들이 고함을 지르기 시작했다. 그들의 말을 알아들을 수는 없었으나, 그들이 지르는 고함 속에는 귀에 익숙한 말도 섞여 있었다. 알라후 아크바르! 알라후 아크바르! 신은 위대하다는 소리였다. 신! 느닷없이 터져 나온 그 소리에 석우는 우두망찰 몸을 움직이지 못했다. 신의 이름으로 벌어지는 일이라면 예사로운 일이 아니라는 생각이 들었다. 아랍인 무리 한가운데서 한 사내가 앞쪽으로 뛰어나오며 잿빛 점퍼를 풀어헤쳤다. 아까 화장실에서 나온 사내였다. 그의 털북숭이 가슴에는 암갈색 소시지 같은 것이 대여섯 개 매달려 있고 빨간색 파란색 가느다란 전선들이 어지러이 달려 있었다. 그의 손에는 스위치가 들려 있었다. 순간 석우는 움찔했다. 숨이 턱 막히는 기분이었다. 수만 볼트 전류가 온몸을 관통하는 듯했다. 몸은 공벌레처럼 움츠러들었고 정신은 산산이 흩어졌다. 하지만 동공만은 그들을 향해 멍하게 열려 있었다.

"폭탄! 폭탄을 가지고 있어요."

객실 어느 구석엔가 그 소리가 튀어나왔다. 책을 읽거나 옆 사람과 이야기를 나누거나 음식을 먹던 사람들은 일제히 하던 일을 멈추고 비행기 앞쪽을 향해 시선을 던졌다. 그러나 그들은 비행기 안에서 무슨 일이 일어나고 있는지 아직 알아채지 못하는 눈치였다. 무슨 일이야? 사람들은 머리를 이리저리 돌리며 물었다. 비행기 안이 술렁거렸다. 마구잡이로 움직이기 시작한 승객들에게 앉아서 좌석벨트를 매고 있으라고 말하는 여승무원의 날카로운 목소리도 들려왔다. 그 어느 순간, 청색 야구모자에 황토색 남방셔츠를 입은 젊은 사내 하나가 자리를 박차고 일어나 뒤쪽으로 달려갔다. 사태의 심각성을 깨달은 일부 사람들이 몸을 일으켜 하나둘 뒷걸음을 치기 시작했다. 중동에서 온 사내들은 주먹으로 비행기 벽을 후려치며 무어라 고함을 쳤다.

"뒤로 가! 뒤로. 빨리 뒤로 가!"

일단의 아랍인들 가운데 한 청년이 튀어나오며 영어로 그렇게 말을 했다. 그의 말에는 아랍풍의 빠른 억양과 독특한 발음이 섞여 있어 그가 미국에 살고 있지는 않으리라는 짐작을 하게 해주었다. 푸른 티셔츠를 입은 젊은 사내였다. 폭탄을 들고 힘없는 여승무원의 목을 단숨에 자르는 무리들과 어울리지만 않았다면 교회의 성가대원쯤으로 보일 사내였다.

"뒤로 가! 죽기 싫으면 빨리 가."

그는 살쾡이처럼 눈살을 찌푸리고 허공에 위협적인 손짓을 해가며 사람들을 뒤쪽으로 몰아갔다. 푸른색 티셔츠를 입은 그 젊은이의 머리엔 붉은 띠가 둘러매 있는데, 그의 풀빛 셔츠 위로 머리에 두른 띠의 붉은색이 한층 더 도드라졌다.

"저 사람들, 폭탄을 가지고 있어. 뒤로 가요. 뒤로."

누군가의 고함소리에 승객들은 정신을 차릴 수 없는 듯했다. 사람들은 혼비백산하여 소리를 지르며 허둥대었다. 사람들이 일시에 자리에서 일어나 뒤쪽을 향해 바쁘게 몸을 움직이기 시작했다. 객실은 아수라장이 되었다.

조종실 문 앞에선 두 명의 아랍인이 다른 여승무원을 붙들고 무어라 윽박지르고 있었다. 그들 중 하나는 무테안경을 쓴 푸른 턱이었고 다른 사내는 조금 전 갈색 머리 여승무원을 살해한 그 자였다. 그의 가무잡잡한 피부와 두텁고 붉은 입술은 당장 또 다른 살인이라도 저지를 듯 험악하게 씰룩거렸다.

"문 열어, 당장. 그렇지 않으면 넌 죽어."

붉은 입술이 조종실 문을 가리키며 고함을 질렀다. 그 모습은 먹잇감을 눈앞에 둔 굶주린 들개 같았다. 얼굴이 흙빛으로 변한 여승무원은 오돌오돌 떨고만 있었다.

"열어! 셋을 세기 전에. 하나, 둘!"

여승무원을 잔뜩 움츠러진 몸을 조종실 문 쪽으로 향했다. 그러나 다시금 돌아서며 울부짖었다.

"안 돼요. 못 해요."

아랍인이 그녀의 목을 움켜잡았다. 날카로운 칼끝이 그녀의 미간에 닿았다. 순간 새빨간 피가 솟아나 팥알처럼 매달렸다.

"죽고 싶어? 정말 죽여줄까?"

여승무원은 캑캑거리며 몸을 떨었다. 얼굴에 닿은 칼날 때문에 발버둥을 칠 수도 없었다.

그러나 여승무원의 처절한 저항은 오래가지 않았다. 조종실 문이 벌컥 열렸기 때문이었다. 어리석게도 제 손으로 조종실 문을 열고 나온 사람은 부조종사였다. 그는 문밖으로 머리를 내밀기가 무섭게 두 사내에 의하여 제압되었다. 머리에 일격을 맞은 그는 바닥에 무참히 내동그라졌다. 쓰러진 그의 어깨에서 하얀색 줄 세 개가 그어진 견장이 유난히 또렷하게 빛을 내었다. 인샬라! 인샬라! 그렇게 외치며 두 명의 아랍인 사내가 조종실 안으로 뛰어 들어갔다. 안에서는 나가! 여기서 나가! 하고 외치는 조종사의 절규가 들려왔다. 메이데이! 메이데이! 긴급구조를 요청하는 다급한 소리가 들리기도 했다. 하지만 그 소리는 곧 그치고 말았다. 조종사의 목숨도 끊어진 모양이었다. 이제 비행기는 저들의 수중에 있었다. 다음 순간 비행기는 좌우로 크게 흔들리며 하강을 하기 시작했다.

"그 여자 죽이지 마! 우리에게 필요해."

링거 병을 들듯 폭탄 스위치를 손에 들고 추어올리고 있는 사내가 붉은 띠 젊은이를 향해 내지른 소리였다. 조종실로 들어간 붉은 입술의 뒤를 이어 여승무원의 목을 움켜쥐고 있던 젊은 사내는 그제야 여승무원의 목을 풀어주었다. 부조종사가 제 손으로 문을 열고 나오는 바람에 간신히 목숨을 구한 여승무원이었다. 그녀는 얼굴이 사색이 되어 그대로 주저앉았다. 그 광경을 지켜본 사람들은 모두 자리에서 일어나 다투어 뒤쪽으로 나아가려 했다. 좁은 통로로 많은 사람들이 한꺼번에 몰렸던 까닭에 사람들의 흐름은 오히려 정지되었다. 더 이상 앞으로 나아갈 수 없게 된 사람들은 겁에 질려 소리를 질렀다. 주여! 주여! 오, 주여! 여기저기서 사람들이 쓰러지고 발길에 밟혔다. 일부 사람들은 시트를 타고 넘어갔다. 아비규환이었다.

십 분여의 시간이 지나갔다. 객실 이등칸의 반이 휑하게 비워졌다. 그러나 그 휑한 공간 곳곳에 남아 있는 사람들도 있었다. 납치범들의 무자비한 폭력에 쓰러진 사람들이었다. 사람들의 발길에 채이고 밟힌 사람도 있었다. 겁에 질린 그들은 이를 악문 채 터져 나오려는 비명을 가까스로 참아내고 있었다.

"의사, 거기 의사나 간호사 있어?"

폭탄을 가슴에 두른 사내가 격발 스위치를 허공에 휘저으며 말했다.

"저요. 간호사예요."

사람들 틈바구니에서 한 여자가 손을 들었다. 흰색 카디건을 입은 40대로 보이는 여자였다.

"이리 나와."

붉은 띠를 두른 사내가 그녀를 지목하며 말했다. 사람들이 급하게 비워준 틈바구니를 따라 여자는 앞으로 뛰어나갔다. 그녀는 곧장 앞쪽 출입문 앞에 짐짝처럼 널브러져 있는 한 남자 승객을 향해 달려갔다. 그의 푸른색 셔츠는 핏덩이로 범벅이 되어 있었다. 납치가 시작될 무렵 승객들을 제압하기 위하여 괴한들이 시범적으로 테러를 가했던 사람이었다.

붉은 띠 사내가 단호한 어조로 입을 열었다.

"우리들이 이 항공기를 접수했다. 우리는 미국을 응징하러 왔다."

폭탄을 든 사내는 그의 곁에 서서 눈을 부릅뜨고 승객들을 하나하나 쏘아보았다. 그의 매서운 시선이 자기를 향할 때마다 승객들은 움찔움찔 고개를 돌렸다.

"이차대전 이후 미국은 최대의 학살 가해국이다. 이슬람과 아랍인들에 대한 인종주의와 학살정책을 그들은 지금도 계속하고 있다. 지상의 모든 미국인들은 반드시 절멸되어야 한다."

그는 유창한 영어로 그렇게 일장연설을 늘어놓았다.

"우리들에게 협조하라. 그렇지 않으면 너희들은 죽는다."

저주에 찬 음성이었다. 소리를 듣는 것만으로도 온몸에 소름이 돋을 지경이었다. 무엇이 그토록 앳된 얼굴 안에 저토록 잔인한 복수심을 숨겨놓았는지 도무지 이해가 가지 않을 지경이었다.

3.

석우는 항공기 중간쯤으로 물살에 휩쓸린 돌멩이처럼 굴러가 있었다. 불길을 뿜어내는 항공기 엔진의 뾰족한 끝이 그의 턱 바로 아래에 있었다. 얼핏 내다본 하늘은 여전히 티 없이 맑았다. 어렸을 적, 돌아간 어머니가 하던 말이 생각났다.

'하늘이 참 맑다!'

어머니는 그 말을 탄식하듯 말했다. 깊은 산골을 흐르는 개울물에 헹궈낸 듯 정말이지 맑고도 깨끗한 하늘이었다.

그는 복도의 한구석에 쓰러져 웅크린 채 앉아 있었다. 복도 바닥에는 빨간색 팸플릿이 하나 떨어져 있었는데 표지에 SAFETY INFORMATION이라는 글자가 쓰여 있었다. 무슨 꿈을 꾸고 있는 것 같았다. 이 판국에 하필 눈에 띈 글귀가 SAFETY라니….

안전 안내책자에서 한 뼘쯤 떨어진 곳에서 석우는 일회용 생수병을 발견했다. 혼란한 틈에 어느 좌석에선가 굴러 떨어진 것임이 분명했다. 좋은 징조처럼 느껴졌다. 석우는 뚜껑을 열어 바닥이 거의 다 드러나도록 마셔대었다. 그러잖아도 입안이 타는 것 같은 갈증을 느끼던 터에, 양껏 물을 마시고 나자 마음이 좀 가라앉았다.

그는 눈을 감았다. 행여 누가 눈꺼풀을 강제로 잡아당길세라 힘을 주어 질끈 감았다. 그리고 눈앞에서 벌어지고 있는 일들은 애써 무시해버리고자 했다. 이 비행기에선 아무 일도 일어나지 않았다 이렇게 생각을 해보기로 했다.

'자기의 운명은 선택할 수 있는 것이다.' 어느 책에선가 그런 글을 본 기억이 났다. 그 책에 의하면 사람의 운명은 정신력에 의하여 얼마든지 바뀔 수 있다고 했다. 저자는 한 술 더 떠서 그것을 '당신 속에 있는 마술적인 힘'이라고 일갈하고 있었다.

그는 생각을 바꾸어보기로 마음을 정했다. 마음은 사시나무 떨리듯 했지만, 그에겐 목숨을 구걸할 신 같은 것이 없었다. 자신의 힘을 믿는 것뿐 아무런 방도가 없었다. 그래서 자신의 마술적인 힘에 운명을 맡겨보기로 했다. 그는 눈을 감은 채, 주문을 외듯 중얼거리기 시작했다.

'아까 그랬듯이 평온한 비행을 계속하고 있는 거야. 어떤 사정으로 인하여 자리를 조금 바꿨을 뿐이야. 그래, 아무 일도 일어나지 않았다. 밖을 봐. 하늘은 아직도 저렇게 곱잖아. 지금 꿈을 꾸고 있는 거야. 지난밤 한숨도 못 잤잖아. 나는 지금 집으로 가고 있어. 집으로 가면……? 어쨌든…… 어쨌든…… 기분 좋은 일이잖아? 실컷 소주도 마시고 마늘 냄새 염려할 것 없이 김치 먹고 속 시원하게 한국말 하고…. 말도 안 되는 영어 지껄이느라 혓바닥이 부러지고 턱쪼가리가 빠개지는 것 같았어.'

그는 지금 집으로 가고 있었다. 추석연휴에 선물보따리 싸 들고 달려가는 것같이 신나는 귀향은 아니었지만 어떻든 집을 향해 가고 있는 것은 분명했다. 따져보니 그날 이후 근 이십 년만의 귀향이었다. 그날, 이십수 년 전 한 겨울날의 풍경이 석우의 뇌리 가득히 펼쳐졌다. 스무 살의 나이에 대책 없이 집을 떠나 끈이 떨어진 부표처럼 살아온 것은 그날 밤의 일과 깊은 관련을 맺고 있었다. 그래서 그날의 일은 뇌리에 깊이 새겨져 지금까지도 선연히 살아나곤 했다.

고등학교 2학년 때였다. 금호동 가파른 언덕배기에 서 있는 허름한 시멘트 블록 집. 석우네는 그 집 2층에 세를 들어 살고 있었다. 낮에는 멀리 한강이 질펀한 등허리를 드러내며 흐르고 있었고 밤에는 형형색색으로 반짝이는 동네의 야경이 한눈에 들어와, 요즘 같으면 전망 좋은 고층아파트에 살고 있는 듯한 느낌을 주었다. 바람이 조금 불어도 창문과 벽과 지붕이 들썩거리는 낡은 집이었다. 바람은 바로 코앞에서 구름의 모양이나 시간에 따라 시시각각 서로 다른 소리를 내며 요란을 떨었다. 비 오는 날이면 빗줄기가 굶주린 하이에나 떼처럼 사방에서 달려

들었다. 산비탈에 돌출된 이 집을 석우는 '폭풍의 언덕'이라고 이름 지었다. 물론 에밀리 브론테의 소설에서 따온 이름이긴 했지만, 소설에서와 같은 멋이나 로맨스 같은 것은 없었다.

바람이 세찬 추운 겨울날이었다. 밤 열한 시쯤 되었을까? 학교 도서관에서 공부를 마치고 돌아온 석우는 집의 벽면에 잇대어 판자로 지은 부엌에서 저녁을 먹고 있었다. 아침저녁으로 밥상을 차려주던 여동생은 가출을 하고 없었다. 찬장에서 김치보시기를 꺼내 더운 물에 밥을 말아 먹었다. 다 먹은 그릇을 찬물로 씻어 찬장에 넣어놓고, 부엌에 맞닿아 있는 안방 문을 들어섰다. 노란 전등불 아래 독실한 기독교 신자인 새어머니는 성경책을 읽고 있었고 아버지는 아랫목에 깔아놓은 이불 속에 팔을 괴고 비스듬히 누워 있었다. 도대체 그때 머리에서 무슨 일이 있었던 것일까? 미처 충분히 고려해두지 못한 두 문장의 말이 토사물처럼 목구멍을 튀어나오고 말았다.

"힘이 없어서 공부가 잘 안 돼요. 밥 좀 제대로 먹었으면 좋겠어요."

돌이켜 생각해보면 그때 잠시 이성을 잃고 어떤 종류의 착각에 빠져 있었던 것이 분명했다. 그 말을 들은 새어머니는 성경책 속으로 더욱 깊이 은근한 시선을 내리깔았다. 사실 그랬다. 그녀에게서 화를 낸 표정이나 고성 같은 것은 들을 수 없었다. 언제나 조용했다. 그러나 그 조용함에서 느껴지는 것은 낯섦과 차가움뿐이었다. '뭐야, 이 자식아?' 이런 소리를 들은 듯했다.

그리고 오른쪽 빰에서 딱 하고 불꽃이 튀었다. 안방 아랫목에 비스듬히 누워 있던 아버지가 어느새 몸을 일으켜 곁에 서 있었다.

"요놈의 자식이, 보자보자 하니까…. 이 자식아, 뭐가 어째!"

아버지의 두 번째 주먹이 날아와 그의 턱에 명중했다. 멍했다. 순간 눈시울이 뜨거워지며 가슴 밑바닥으로부터 울컥 차가운 기운이 회오리쳤다. 착각이었다. 그래도 부모들인데 무조건 싫다고 해서 되겠나. 이제부터라도 응석도 부려보고 투정도 부려보고 하자. 불과 몇 시간 전 서편으로 붉은 장막을 드리우며 사라지는 태양을 바라보며 내렸던 결론이 얼마나 어리석었던 것인지 그는 뼈저리게 느끼고 있었다.

석우는 밖으로 튀어나왔다. 금호동 산동네의 자잘한 불빛들이 시야에 가득 찼다. 시리고 또 아름다운 불빛들이었다. 아래층으로 연결된 철제 계단을 통탕거리며 내려온 그는 멈칫 그 자리에 섰다. 밤은 너무나 짙어 숨이 막힐 듯했고 바람은 매서웠다. 그는 갈 곳이 없다는 사실을 깨달았다. 느닷없이 비릿한 냄새를 풍기기 시작하여 석우는 코를 감싸 쥐었다. 그때 누군가가 그의 팔을 잡았다. 아래층 건넌방에서 혼자 살고 있는 젊은 여자였다. 석우는 그녀를 그저 아래층 누나라고 불렀다. 한집에 살면서 말을 트고 지내는 사이는 아니었다. 하지만 그녀에게서 쏟아지는 따스한 눈길이 어쩌다 한 번씩 느껴지곤 했다. 그다지 미인이라고 할 수는 없었지만, 살짝 치켜 올라간 콧날과 맑은 눈동자가 매력적인 여자였다. 한겨울인데도 그녀는 소매 없는 원피스 차림이었다. 그녀의 희디흰 팔은 12월의 칠흑 같은 어둠 속에서도 우윳빛으로 빛났다.

"어딜 가니?"

그녀는 자신의 방에서 날아온 흐린 불빛에 비춰 석우의 얼굴을 들여다보았다.

"어머, 코피가 나네. 너 집에서 무슨 일 있었지?"

그리고 자신의 방으로 그를 이끌고 들어갔다. 방으로 들어간 순간 향기가 훅 끼쳐왔다. 여자의 냄새. 처음 맡아보는 신비한 냄새였다. 여동생도 있고 새엄마도 있었지만 그는 그런 냄새가 생소했다. 이처럼 화장을 하는 여자가 그의 주변엔 없었다. 어머니가 돌아가신 후 처음인 것 같았다. 아득히 먼 옛날 화사하게 치장을 한 엄마의 모습을 본 적이 있었다. 석우가 여섯 혹은 일곱 살쯤 되었을 때였다. 막 외출을 하려던 어머니는 석우 형제들을 집 뒤꼍으로 몰고 가 숨을 죽이고 앉았다. 무단히 찾아온 그 낯선 여자가 빚쟁이인지 무엇인지 어린 석우는 알 수 없었다. 다만 엄마의 몸에서 풍겨 나오는 아련한 향내에 마치 동화 속에 들어앉은 듯 신기했을 뿐이다. 하늘도 참 곱다. 한참 동안 하늘을 올려다보던 어머니는 긴 한숨과 함께 불쑥 그런 말을 떨어냈다. 어머니의 얼굴은 이미 잊어버렸지만 그 향내만큼은 지금도 코끝에서 사라지지 않고 있었다.

"네 이름이 석우 맞지? 네 동생, 영심이한테서 네 말 자주 들었어. 너 공부 잘한다며?"

그녀의 조금은 살이 찐 몸매 탓이었을까? 아니면 처음으로 가까이서 대하는 성숙한 여인이었기 때문이었을까? 그녀에게서 언뜻 포근한 모성이 느껴지고 단단히 뭉쳐져 있던 가슴이 스르름 풀리는 것 같았다.

"너 누구한테 맞았니? 아버지? 느네 계모가 때리디?"

그녀가 두루마리 휴지를 풀어내어 석우의 코피를 닦아주며 물었다. 석우는 그 말에 대답할 수 없었다. 밥, 반찬투정, 아버지의 주먹 그리고 돌발적인 가출. 상황이 너무나도 급작스럽게 비약되어 무슨 일이 있었는지 스스로도 가늠키 어려웠다. 하지만 분명한 것은 아버지에 대한 원망과 세상을 향한 거의 절대적인 분노였다. 그는 다른 질문을 꺼냈다. 상당히 오래전부터 하고 싶었던 질문이었다.

"내 동생 영심이하고 친했죠? 어디 갔는지 알죠?"

정식 중학교를 다니지 못하고 학력인정 중학교 과정을 겨우 마친 영심이가 가출을 한 지 벌써 여섯 달이나 지났다. 두 살 어린 영심이의 손등은 언제나 두꺼비 등처럼 거칠었다. 군데군데 갈라져 피가 흐르기도 했다. 한겨울에 그 애는 마당가 펌프로 물을 길어 올려 식구들의 옷을 빨곤 했다. 차가운 물에서 건져 올린 옷은 물 밖으로 나오기가 무섭게 뻣뻣하게 굳어버렸다. 얼핏얼핏 그 모습을 훔쳐보면서 석우는 콧날이 시큰거림을 느꼈다. 하지만 목젖까지 치밀어 오르는 한마디 말을 끝내 내뱉지 못했다. 고마워, 미안해, 사랑해. 그런 말들은 그들에게 너무나 생소한 단어들이었다.

"영심이가 어딜 갔냐고? 몰라. 너도 알려고 하지 마. 돈은 많이 벌게 될 거야. 그 말만 믿어."

"술집 갔나요? 이제 겨우 열다섯 살인데."

가슴이 깊게 파인, 야하다 싶을 정도의 새하얀 원피스가 벽에 걸려 있었다.

"그 어린 나이가 바로 돈이 된다는 사실을 왜 넌 모르니? 세상이 그렇게 순진하고 깨끗한 것 같니? 널 봐. 네 모습 보라고. 영심이가 집 나가면서 나한테 뭐랬는지 아니? 자기가 없으면 둘째 오빠, 네가 밥이나 제대로 먹고 다닐지 걱정된다고 그랬어. 나더러 한 번씩 고깃국 좀 갖다 주라고 신신당부를 하고 그러더라. 너 네 손으로 밥 챙겨 먹고 다니지? 내가 쭈욱 지켜보고 있었어. 너처럼 공부 잘하고 착한 아이가 밥 얻어먹는 거지새끼처럼 부엌에 가서 딸그락딸그락……. 그게 무슨 짓이니? 대학 입시 앞두고 다른 집 아이들처럼 보약은 못 먹을망정 엄마 손으로 지어주는 따뜻한 밥은 먹고 다녀야 할 거 아니니?"

창피했다. 그녀가 상황을 터무니없이 과장하고 있는 것 같았다. 하지만 그건 사실이었다.

4.

생각이 거기에 이르자 석우는 번쩍 눈을 떴다. 공연히 눈시울이 후끈 달아오르는 것같이 느껴졌기 때문이었다. 대개의 사람들이 그렇듯 옛일을 떠올릴 적마다 반복되는 현상이었다. 비행기는 여전한 웅웅거림 속에 어디론가 날아가고 있었다. 그는 담배를 피우고 싶다는 생각을 하며 주위를 돌아보았다.

붉은 띠는 갤리에서 제멋대로 꺼낸 생수병을 들고 벌컥벌컥 물을 들이마셨다. 2리터들이 생수병을 반쯤 들이켠 그는 나머지를 머리에 부었다. 그의 검정색 곱슬머리를 적신 물은 푸른색 티셔츠 위로 세계지도를 그리며 흘러내렸다. 올빼미처럼 생긴 그의 눈알은 살기로 번득였고 호흡은 거칠었다.

석우의 뒤쪽 도어에서 한 여승무원이 전화기를 들고 누군가와 통화를 하고 있었다. 그녀는 재킷을 벗고 감색 앞치마를 입고 있었는데, 그녀의 흰색 블라우스는 커피를 쏟은 듯 짙은 갈색으로 얼룩져 있었다. 납치범들의 눈치를 살피며 절박하게 감행된 여승무원의 통화는 오래 지속되지 못했다. 칼을 든 붉은 띠의 시선이 그쪽으로 향하자 그녀는 황급히 전화기를 떨어뜨리고 말았다. 그녀의 얼굴빛은 일순간에 백짓장처럼 창백해졌고 시선은 불안정하여 이리저리 흔들렸다. 다행히 붉은 띠는 더 이상의 반응을 보이지 않았다.

"누구하고 전화했어요?"

근처에 있던 한 중년 여인이 승무원에게 물었다. 회초리처럼 가는 몸매에 어울리지 않게 커다란 가슴을 가진 흑인 여자였다. 그녀의 눈은 수명을 다해가는 형광등처럼 파리하게 떨리고 있었다.

"정비사요."

"왜 하필 정비사예요? 911이 아니고."

"이 전화는 그쪽하고만 연결되어 있어요."

"그쪽에서 뭐래요?"

"제 말을 잘 알아듣지 못한 것 같았어요. 금방 잠에서 깨어난 사람처럼 굴었어요."

"아무튼 우리가 납치되었다는 사실은 말했죠?"

"그럼요."

"다행이네요. 그 사람이 911에 연락할 거예요. 경찰에 전화를 하거나 군대를 불러올지도 모르죠."

"하지만 아무도 우릴 돕지 못해요. 지금 우리는 공중에 떠 있단 말예요. 비행기라는 게 하늘에 있는 거라서 잠시 세울 수도, 어디 도망갈 구석을 찾을 수도 없는 거라구요."

여승무원은 잠시 말을 끊고 무릎에 모아 쥔 자신의 주먹을 가만히 바라보았다. 그리고 한참 후 고개를 들고 흘러내린 머리카락을 쓸며 말했다.

"맞아요, 우린 덫에 갇힌 쥐예요."

깨알처럼 작은 반점이 얼굴에 가득한 한 중년 여자가 그들의 대화에 끼어들어 사람들의 흉흉한 가슴에 찬물을 끼얹었다.

침묵이 이어졌다. 비행기는 그래도 세상이 끝난 것은 아니라는 사실을 강조라도 하는 듯 규칙적인 금속성 소음을 내며 날아가고 있었다. 쌔애— 하는 엔진음이 운명의 신이 몰아쉬는 거친 숨소리 같았다. 비행기가 자주 위태롭게 흔들리기는 했지만 아직은 그런대로 무난한 비행이었다. 아까 전화를 걸었던 여승무원이 탁 갈라진 음성으로 입을 열었다.

"구급대건 경찰이건 군대건 소용없어요. 누가 감쪽같이 우리 비행기 안에 들어와 저자들을 제압하고 조종간을 잡아주기 전에는 말이에요. 우습지만 우리들 목숨은 저자들에게 달려 있어요. 칼과 폭탄을 든 저 악당들."

여승무원이 쓸어 쥔 머리카락을 뒤쪽으로 묶고는 입을 열었다.

"난 하느님을 믿어요. 하느님은 우릴 구해주실 거예요. 오, 하느님! 당신께 모든 것을 바칩니다. 당신이 구해주시리라 굳게 믿습니다."

꽁지머리를 한 젊은 여자가 그들의 대화에 끼어들었다. 많아야 삼십이 될까 말까 한 젊은 여자였다. 그녀는 빳빳하게 굳어진 안면 근육을 일그러뜨리며 울부짖듯 말을 쏟아냈다.

"도대체 저 사람들은 왜 사람 죽이는 일에만 혈안이 되어 있는 거죠? 알라는 평화나 사랑 같은 것은 가르쳐주지 않나요? 죽어가는 사람도 구해내는 게 신이잖아요."

"거기 조용히 해!"

격발기를 든 사내가 이쪽을 향해 눈을 부라렸다. 그때 조종실 문이 벌컥 열리며 한 남자가 튀어나왔다. 아까 갈색 머리 여승무원을 무참히 살해한 붉은 입술 그 작자였다. 그가 입고 있는 흰색 러닝셔츠엔 붉은색 핏자국이 엉켜 있었다. 그의 얼굴엔 환한 미소가 가득 떠 있었다. 알라후 슈크란, 슈크란! 그는 그렇게 떠들어대며 칼과 폭탄을 든 사내들에게 달려가 등을 두드렸다. 그리고 무어라 귓속말을 하더니, 이내 세 명의 남자들은 얼싸안고 뛰기 시작했다. '알라가 우리를 도우셔. 알라가 우리를 도우셔!' 알아들을 수 없는 무수한 아랍어 가운데, 영어로 내뱉은 그 말이 새어나왔다. 다른 곳에서 그들과 같은 무리가 또 어떤 일을 저지르고 있는 모양이었다. 죽이고 파괴하고 불태우고…. 요즘 들어 세상은 그런 일들로 가득했다. 이 모든 일들은 신의 이름으로 자행되었다.

비행기는 급격히 왼쪽으로 방향을 틀었다. 사람들의 몸은 일제히 왼쪽으로 쏠렸다. 여기저기서 물건이 떨어지는 소리와 함께 비명소리가 들렸다. 울음과 비명소리 가운데 저마다의 신을 찾는 소리도 들려왔다. 사방에서 물건들이 넘어지고 떨어지고 깨어졌다. 뒤쪽에서 큰 소란이 일었다. 한 중년 사내가 가슴을 쥐어뜯으며 몸을 비틀고 있었다. 사지를 바동거렸고 가쁘게 숨을 몰아쉬고 있었지만, 그렇게 빨아들인 공기는 그의 폐 내부에 조금도 전달되지 않은 듯했다. 그의 몸은 경련을 일으켰다. 발버둥을 치는 바람에 그의 팔다리는 사정없이 앞쪽 좌석의 팔걸이에 부딪혔다. 한쪽 주먹에서 피가 흘러나오고 있었다. 승무원과 몇 사람이 그에게 달려갔다.

전기가 껌벅 나갔다가 들어왔다. 비행기의 요동이 다시금 계속되었다. 비행기는 기수를 낮추기 시작했다. 삐익! 삐익! 삐익! 무엇을 뜻하는 것일지 모를 경보음이 삐죽 열린 조종실 문틈으로 새어나왔다. 석우는 옆구리에 통증을 느꼈다. 아까 비행기가 높이 치솟았다가 굴러 떨어지듯 내려앉을 때, 옆 좌석 팔걸이에 몸을 부딪친 것이었다. 이 비행기의 조종간을 잡은 납치범의 조종 실력이 형편없는 모양이었다. 개새끼! 그는 형편없는 조종사를 향해 욕설을 던졌다. 석우는 몸을 웅크린 채 크게 심호흡을 했다. 하지만 문제는 그게 아니었다. 지금까지 그는 죽음 같은 것은 두렵지 않다고 생각했었다. 언제든 기꺼이 죽을 수 있다고 생각했다. 생에 미련이 없었다. 몸에 독약을 지니고 다니던 시절도 있었다. 그러나 지금 그는 두려웠다. 죽음. 죽음이 눈앞에 있다는 자각은 여태껏 한 번도 경험하지 못한 공포였다. 과거 가슴을 점령하고 있던 죽음에 대한 생각과 현실로 다가온 그것은 동일한 단어로 부를 수 없을 만큼 전혀 다른 차원의 일이었다. 앞쪽에서는 납치범들의 웃음소리가 연해 들려왔다.

"저놈들이 뭐라고 하는지 아세요? 우리 동료 세 팀 모두 목표를 맞췄어. 이제 우리만 남았어. 그렇게 말했어요."

그렇게 말한 이는 맨 처음 뒤쪽으로 도망을 치던 청색 야구모자 그 사내였다. 그의 황토색 셔츠 사이로 털북숭이 가슴이 휜히 드러나 보였다. 그는 건장한 체격에 굵은 목을 가졌지만, 얼굴엔 불안한 기색이 가득했다.

"내가 아랍어를 좀 해요. 말할 수는 없지만 떠듬떠듬 알아들을 수는 있어요. 1991년 걸프전에 참전을 했었거든요. 사막의 폭풍요. 지금 지상에서 무슨 일이 일어나고 있는 게 분명해요. 우리 미국 땅에서 전쟁이 벌어지고 있는 게 분명하다 이 말입니다."

그의 입에서 튀어나온 전쟁이라는 말에 사람들은 화들짝 놀라 다투어 입을 열었다.

"전쟁이라고요? 저 납치범들 목적이 돈이 아닌가요? 우릴 죽일 건가요?"

"그런 말 말아요. 지금 공항으로 돌아가고 있잖아요. 공항에 내려서 우리들 몸값을 요구하겠지."

"그래도 이상해요. 지금 지상에서 일어났다는 일은 뭐죠? 왜 하필이면 그런 일들이 우리가 납치된 것과 동시에 일어나죠?"

여승무원이 그들을 진정시키려 애를 썼다.

"아무튼 모든 게 잘될 거예요. 주님은 죄 없는 사람들이 고통받는 것을 원하지 않아요. 아무튼 저들을 자극하면 안 돼요. 그저 조용히 기다리고 있어야 해요. 공항에 내리면 경찰이 와서 처리할 거예요."

그녀는 수차례나 하느님을 들먹였지만 사람들의 동요는 좀체 가라앉지 않았다.

5.

전쟁이라는 단어에 석우는 무엇에 얻어맞은 듯 몸을 움직이지 못했다. 전쟁이란 언제든 죽을 수 있다는 사실의 강력한 메시지였다. 사랑, 용서, 평화, 번영, 정의. 세상에 가득한 그 어떤 말도 전쟁과는 어울리지 않았다. 전쟁이란 그저 죽고 죽이는 일이었다. 전쟁이란 죽음과 살인의 은유였다. 그뿐이었다.

흰 머리칼의 노파가 허리를 굽혀 그를 바라보고 있었다. 코와 입을 가린 그녀의 가느다란 두 손 위로 둥그렇게 떠 있는 노파의 눈빛이 깊었다. 아마도 자신이 너무나 심하게 떨고 있었던 모양이라고 석우는 생각했다.

"아임 오케이. 노 프러브럼. 땡큐, 땡큐."

석우는 그렇게 말해 보이며 허리를 펴 보였다. 미소를 지어보려고 했으나 아무래도 그것은 실패를 한 것 같았다. 노파가 안심한 듯 제자리로 돌아갔다. 입안이 마르고 손바닥은 식은땀으로 흥건했다. 심장은 여전히 격렬한 고동을 계속하고 있었다. 그는 앞좌석 등받이에 머리를 들이밀고 두 손으로 얼굴을 감쌌다. 눈에 아무 것도 보이지 않게 되자 마음이 한결 가라앉았다. 그는 더 이상 아무것도 보고 싶지도 않고 듣고 싶지도 않았다. 아무래도 죽음이란 두려운 것이었다. 그는 자신 안에 있는 마술적인 힘에 다시 한 번 기대고자 했다. 집을 뛰쳐나왔던 그날, 마땅히 갈 곳이 없던 그를 포근히 감싸주었던 아래층 누나. 그녀를 생각하기로 했다. 그녀가 지금 필요했다. 그녀야말로 자신에게 기적적인 힘을 가져다줄 수 있는 유일한 사람이었다.

그날 밤, 주전자를 입에 대고 벌컥벌컥 물을 삼킨 아래층 누나는 다시 말을 이어갔다. 밖에선 바람이 드세게 불고 있었다.

"너 아침마다 부엌에 가서 네 손으로 밥 챙겨 먹고 학교 가는 거, 나 다 알아. 한겨울에 꽁꽁 얼고 한여름에는 쉰내 나는 밥 말이야. 내가 몇 번 반찬이라도 가져다주려고 했어. 영심이 말대로 소고기국도 몇 번이나 끓였어. 하지만 그만두었어. 한집에 살면서 네 부모들과 얼굴 붉히면 그게 무슨 꼴이니? 그런데 세상에! 반찬투정 좀 했다고 그게 코피가 터지도록 얻어맞아야 할 이유가 되는 거야? 네 형은 고등학교도 못 갔지? 입학시험을 네 군데나 합격했는데 네 아버지가 학자금을 못 댄다고 그랬다며? 영심이한테 들어서 내 속속들이 다 알아. 네 남자동생은 중학교도 못 가고 신문팔이 나섰어. 동네 깡패들하고 어울려 다니다가 파출소에서 몇 번 붙들려 갔지? 그때마다 누가 빼준 줄 아니? 나야. 니 동생 영심이가 불쌍해서 내가 빼준 거야. 그 녀석 가출했지? 이제 겨우 너 하나, 착하고 공부 잘하는 너 하나 남았는데, 밥투정한다고 두들겨 패? ……네 동생, 걱정 마. 내가 좋은 데 소개시켜 줬어. 돈 벌어야지. 그래서 당당하게 살아야지. 안 그래?"

석우 몸은 얼어붙은 듯 꼼짝을 할 수가 없었다.

"너 마타하리 아니? 어우동은 알아? 아직 순진해서 그런 건 모르지? 그 여자들 몸뚱이 하나로 세상을 주름잡고 살았어. 온갖 부귀영화 다 누렸지. 여자들은 그게 가능해. 내가 영심이더러 그렇게 살라고 그랬어. 세상에 복수하고 살라고 그랬어."

여자는 그의 집안에 대하여 그보다 더 생각이 많은 것 같았다.

중학교에 다녀야 할 남동생은 학교를 다니지 못했다. 녀석은 그 어린 나이에 벌써 담배를 입에 대고 있었다. 동네 풋내기 불량배들과도 어울리는 모양이었다. 이따금씩 주머니를 뒤져 '형, 이거' 하면서 천 원짜리 지폐 한두 장을 손에 쥐어주기도 했다. 아침마다 석우는 동생이 꼼지락거리는 소리에 잠에서 깨어났다. 쓱— 쓱—. 바지를 꿰입는 소리에 딸랑딸랑 금속성이 몇 차례 가볍게 뒤를 이었다. 허리의 벨트를 조이는 소리였다. 쓰윽 싸삭. 이어 스웨터를 껴입고 점퍼를 입는 소리가 들려왔다. 이제 겨우 열세 살 아이가 돈벌이를 위하여 나서기엔 밖이 너무 어두웠다. 녀석이 드르륵 방문을 열자 찬바람이 방 안으로 밀려들어왔다. 탁! 소리를 내며 방문이 닫히는 순간 석우는 눈을 떴다. 그리고 비로소 눈에서 흘러내리는 물방울을 닦아내었다. 타닥타닥 녀석이 계단 아래로 내려가는 소리가 마치 저세상에서 들려오는 소리처럼 들려왔다.

아래층 누나의 말이 맞았다. 하지만 석우는 자신의 형제들에게서 벌이지고 있는 일들을 애써 외면했다. 그것은 자신과는 상관없는 일이라고 생각했다. 자꾸만 저며 오는 미안함과 가책을 피해 공부에 파고들었다. 그가 피할 곳은, 매달릴 곳은 공부밖에 없었다. 동생과 누이와 형을 잊기 위하여 새엄마와 이복동생들과 아버지 그리고 세상을 잊기 위하여 그는 공부 속으로 내달렸다.

"오늘밤, 여기서 자. 그리고 어디 가서 너 혼자 살아. 알았어?"

그녀는 그의 운동화를 방 안으로 들여놓으며 말했다.

6.

그간 몇 차례 비행기 여행을 하긴 했지만, 아무리 생각해도 비행기를 타는 일은 기분 좋은 일은 아니었다. 무엇 하나 없는 허망한 공중에서 얄팍한 철판 한 장을 딛고 떠 있다는 자각은 솔직히 유쾌한 것이 못 되었다. 마치 그네를 타고 한껏 공중에 솟아오른 채 정지해버린 듯한, 그래서 언제든 저승을 향해 곤두박질을 칠 듯한 느낌을 주었다. 땅에다 발을 딛고 있다는 사실이 얼마나 다행한 일인지 실감케 해주는 시간이었다. 그런데 거기에 더하여 칼과 폭탄을 든 테러범들이라니…. 전쟁이라니…. 석우는 무슨 악몽을 꾸고 있는 것 같았다.

사람들은 비행기 안에서 일어난 아주 작은 일마다 민감하게 반응했다. 그때마다 비명을 지르고 울고 다급하게 기도문을 외웠다. 그러나 그들이 절규하며 애타게 찾는 신은 응답하지 않았다. 스파이더맨도 맥가이버도 배트맨도 보이지 않았다. 텔레비전에선 그토록 뻔질나게 설치던 흔한 전투기 하나 달려오지 않았다. 이 비행기 안에 신이 들어와 있다면 그것은 납치범들의 신뿐이었다. 저들은 신의 이름으로 손에 칼과 폭탄을 들고 이 비행기를 차지했다. 그리고 수많은 탑승객들의 목숨까지도 손아귀에 거머쥐고 있었다.

"리처드. 나 제레미야. 내가 탄 비행기가 납치됐어."

구레나룻이 길고 턱 한가운데가 오목하게 패여, 꼭 커크 더글러스를 닮은 사내가 휴대전화로 누군가와 통화를 하고 있었다. 검투사를 닮은 그는 사내다운 외모와는 달리 형편없이 나약한 겁쟁이가 되어 있었다.

"아냐. 길게 말할 수 없어. 한마디만 하고 끊어야 해. 내가 죽거든 내 아내에게 전해줘. 사랑한다고."

그는 황급히 휴대전화 폴더를 닫았다. 그리고 머리를 앞 의자 등받이에 기댄 채 꼼짝을 하지 않았다. 그의 널찍한 어깨가 사정없이 흔들렸다.

그의 말이 옳았다. 상황이 어처구니없이 바뀌어 있었다. 평온하기 이를 데 없던 비행기에 일단의 아랍인들이 정체를 드러낸 것이 불과 일이십 분 전이었다. 그런데 벌써 죽음을 각오해야 할 지경이었다. 어이가 없었다. 삶과 죽음이 이토록 가까이 있다는 것이 이해할 수 없었다. 다 마신 콜라 캔이 우악스럽게 구겨져 길바닥에 내던져지는 것처럼 죽음이 찾아올 수는 없었다.

삶이 무겁고 경건한 것이라면 죽음도 마땅히 그래야 했다.

석우는 한동안 그에게서 시선을 뗄 수가 없었다. 의아했다. 이 절체절명의 순간에 사랑한다는 말이 무슨 소용이 있을까? 신의 이름으로 무참한 살상이 자행되고 있는 판국에 보잘것없는 한 인간의 사랑이 무엇이라고 사람들은 저렇게 사랑 타령을 하는 것일까? 만약 사랑이라는 단어를 사용하여 무슨 말을 해야 한다면 '널 사랑해'가 아니라 '나 지금 네 도움이 필요해. 날 사랑해 줘, 날 위해 기도해줘.' 라고 말해야 그나마 이치에 맞는 일이었다. 지금 이런 순간이야말로 사랑이든 뭐든 지푸라기가 될 만한 것이 필요한 상황 아닐까? 이 지독한 단절과 공포의 순간에 누군가로부터 사랑을 받고 있다는 사실을 확인하는 일은 나름대로 의미가 있는 일일 것이었다. 그 옛날 금호동 옛집 아래층 누나처럼 말이었다. 그날 밤 그녀는 누구도 돌보지 않은 석우를 포근히 안아주었다. 그녀의 품 안에서 석우는 평정을 되찾았다. 그리고 그녀의 말대로 다음 날, 그리고 그 다음 날에도 어김없이 학교엘 갔고 그 전보다도 더 열심히 공부를 했다. 만약 그날 그 순간에 그녀를 만나지 못했다면 운명은 어떻게 되었을까?

커다란 어깨를 들썩이며 울음을 마친 커크 더글러스가 옆자리에 앉은 청년에게 전화를 건넸다. 그는 깡마른 얼굴에 눈썹이 짙고 여드름이 많은 청년이었다. 잘해야 이십대 중반으로 보였다. 녀석은 전화를 걸 생각은 하지 않고 두터운 검정색 안경을 벗어 알을 닦기 시작했다. 그리고 한참 후, 안경알을 꼼꼼히 닦아낸 뒤 그는 비로소 번호키를 눌렀다. 그는 엉뚱하게도 이번 주말 멕시코로 여행을 가자는 말을 하고 있었다. 전화 상대는 여자 친구쯤 되는 것 같았다. 여드름투성이 볼을 홀쭉하게 오무려 휘파람을 불기도 했다. 이곳 상황을 알아챈 여자 친구의 마음을 달래주려는 듯한 배려로 보였다. 사랑해, 아말다. 진짜로 넌 최고였어, 그리고 멕시코 약속 잊지 마. 그 말을 끝으로 청년은 통화를 끝냈다. 그리고 커크 더글러스에게 전화기를 돌려주었다.

비행기 안은 마치 전화걸기 경연대회라도 벌이고 있는 듯했다.

"잭, 잭! 거기 있어? 일어나 빨리."

석우가 있는 곳에서 대여섯 좌석 떨어진 곳에서 한 여자가 울부짖고 있었다.

"잭, 나야. 세릴. 사랑한다고 말해주고 싶어. 무엇보다도 널 사랑했어. 물론 지금도 사랑해. 알아줘. 내 가족들에게도 사랑한다는 말을 전해줘. 내 방에 그들에게 써둔 편지가 있어. 급히 여행을 떠나느라 부치지 못했어. 사랑해. 그리고 미안해."

여인은 오랜 시간이 지나도록 몸을 움직이지 않았다. 누군가의 저주로 인해 온몸이 굳어져버린 것 같았다. 아무튼 사람들은 한결같이 '날 잊지 마', '날 사랑해줘'가 아니라 '널 사랑해' 하고 말하고 있었다.

7.

사랑한다. 지금 사람들은 생의 마지막이 될지도 모를 이 순간을 상대방에 대한 사랑의 고백으로 채우고 있었다. 누군가를 사랑한다는 일, 누군가 사랑하고 있음을 확인하는 일이 완전히 틀린 일은 아닐 터였다. 적어도 혼자는 아니라는 사실을 확인하게 될 테니까 말이다. 사랑해. 석우는 그 말을 입안에 되뇌어 보았다. 무의미했고 건조했다. 그 말은 입에 담아 읊조리기엔 너무나 생경스러워서 온몸에 소름이 돋을 지경이었다. 그 말의 의미가 어떤 것인지 실감이 가질 않았다. 그의 생은 언제서 혼자였다. 혼자서 결정했고 혼자서 감당했고 혼자서 버텨왔다. 거친 물살에 휩쓸린 나뭇잎처럼 여기까지 떠밀려 왔을 뿐이었다.

고등학교를 졸업한 후 석우는 집을 떠났다. 해군사관학교에 입학을 한 것이다. 석우는 난생처음으로 싱그러운 영화의 한 장면 같은 시간을 보냈다. 어느날 갑자기 왕자가 된 거지 소년의 기분이었다. 하지만 거지 소년 톰과는 달리 집으로 돌아가길 원하지 않았다. 거추장스런 왕자 옷을 벗어던지고 누더기를 걸치고 싶어 하는 왕자처럼 순진하지도 않았고, 화사한 왕자 옷을 벗어던지고 욕설과 몽둥이가 판을 치는 거지 소굴로 돌아갈 만큼 어리석지도 않았다. 집을 떠나 있다는 사실이 그저 좋았다.

"이 집안의 장래는 너에게 달려 있다. 꼭 성공해서 이 애빌 도와야 한다."

아버지는 석우를 대할 적마다 그렇게 말을 하곤 했다. 고등학교나마 제대로 다니고 있는 것은 전처 소생의 네 남매 가운데 그가 유일했다. 입학금을 낼 수 없어 고등학교를 포기했던 형은 느닷없이 교회생활에 심취했다. 그리고 그곳에서 한 여자를 만났다. 그녀는 소아마비로 다리를 크게 절었는데, 마음은 깊고 따뜻했다. 그녀는 형이 어머니를 잃은 후 형이 갈구하던 것들을 모두 채워주었다. 형은 그녀와 동거에 들어갔다. 그때 형의 나이 스물둘이었다. 아버진 욕정에 눈이 멀어서 그랬다고 대로하였다. 하지만 석우의 눈에 그것이 욕정에 눈이 먼 행동으로 보이진 않았다. 그 형은 지금 간암 말기 환자가 되어 있고, 형수는 절룩거리는 왜소한 몸으로 형을 극진히 돌보고 있다. 열 살을 넘기가 무섭게 신문배달을 하며 동네 건달 녀석들과 어울리던 동생은 하루에 한 가지씩 행패를 부려놓더니 사라져버렸다. 이곳저곳 술집을 전전한 끝에 남쪽 어느 섬으로 팔려 갔다는 여동생 영심에게선 끝내 소식이 없었다. 어우동도 마타하리도 되지 못한 상태였다. 그러나 집안 누구 하나 그 아이의 소식을 궁금해하지 않았다.

집안의 미래가 네게 달려 있다는 아버지의 기대가 석우는 싫었다. 그것은 멍에였다. 형제들을 세상 구석구석에 흩뜨려놓고 아버지와 새어머니와 이복형제들만 남은 집안에서 성실하고 훌

륭한 아들 노릇을 하기는 싫었다. 사관학교 기숙사 생활은 그가 혼자라는 사실을 확인시켜주었다. 적어도 집안의 누구로부터도 구속받지 않았다. 그것은 축복이었다. 자유였다. 석우는 사관학교에서의 새로운 삶을 만끽했다. 여태껏 맛보지 못했던 신선한 삶이었다. 무엇보다 바다가 좋았다. 지금까지 보아왔던 세상과는 전혀 다른 세상이었다. 무엇 하나 세워져 있지 않은, 그래서 무엇으로든 채워 넣을 수 있는 텅 빈 공간. 천 가지 얼굴을 가지고 있는 바다. 특히 폭풍우가 치는 날의 바다를 바라보는 일은 무엇과도 바꿀 수 없는 희열이었다. 비와 바람과 파도가 뒤엉켜 광란하는 모습을 보노라면 우주의 생성과 소멸이 저 바다 위에서 이루어지고 있는 듯했다. 고등학교 시절 도서관 2층 창가에서 바라보던 담황색 황혼 너머의 세계가 바로 그것이었다.

그러나 만끽은 방종으로 흘렀다. 일 년 후 그는 퇴교를 당하고 말았다. 흡연와 학점 미달 때문이었다. 고등학교 시절부터 피워온 담배는 그렇다 해도, 학점 미달은 사관학교를 전교 10등의 성적으로 입학을 했던 그에겐 충격적인 사건이었다. 충격적이긴 했지만 그것은 사실이었다. 책을 붙들고 숙소에 들어앉아 있기엔 그를 둘러싼 새로운 환경이 너무나 신비로웠다. 그것은 당장 느끼고 즐기지 않으면 사라져버릴 오색의 영롱한 비눗방울이었다.

퇴교를 당한 후 그는 서울로 돌아왔다. 하지만 금호동 '폭풍의 언덕'으로 돌아갈 수가 없었다. 서대문에 사는 친구 집을 찾아갔다. 그리고 친구 집 장식장에 놓인 조니워커 블랙 한 병을 혼자서 다 마셔버렸다. 평소엔 소주 한 잔도 마시지 못하던 그였다.

다음 날 집으로 들어갔다. 해군사관 후보생의 번듯한 제복이 아닌 후줄근한 사복차림으로 들어서는 그를 바라본 아버지의 눈은 금방이라도 터질 듯 부풀어 올랐다. 그리고 이내 낭떠러지에서 미끄러지는 듯 비명이 쏟아져 나왔다.

"이럴 줄 알았으면, 네놈 말고 네 형 공부시켰다. 넌 이 애빌 배신한 거야. 너 이놈의 새끼, 일부러 그랬지?"

주먹다짐이 이어졌다. 하지만 전혀 아프지 않았다. 그 주먹의 강도를 느끼기에 그의 뇌리는 너무나 복잡했고 비참했다.

다음 날 석우는 집을 나섰다. 집을 떠나 무엇을 할 것인지 어디에서 잠을 잘 것인지 막막했지만 아버지의 허락을 받아내는 일은 그다지 어렵지 않았다. 시영아파트 지하층 창고에 잇대어 붙인 가건물 같은 집, 그 집의 허름한 목제 대문을 닫으며 석우는 중얼거렸다.

'어떻게 살든 이제부터의 내 삶은 온전히 내 것이야.'

그렇게 생각하니 마음이 후련했다.

8.

붉은 머리 40대 백인 여자가 플라스틱 컵으로 물을 마시고 있었다. 물을 마시면서도 그녀의 눈은 비행기 앞쪽 납치범들을 향해 있었다. 암갈색으로 짙게 칠 된 그녀의 눈꺼풀은 통통 불어 금방이라도 눈물을 줄줄 쏟아낼 듯 했다. 그 옆 검정색 옷을 입은 중년 사내는 고개를 푹 수그리고 있었다. 건너편에 앉아 있는 한 젊은 여자는 불끈 쥔 두 주먹을 가슴에 얹어놓고 있었다. 뛰는 가슴을 진정시키려 애를 쓰는 듯한 모습이었다. 감귤색 블라우스에 잿빛 재킷을 걸친 그녀는 입을 반쯤 벌린 채 두려움에 가득 찬 눈을 하고 허공을 바라보고 있었다.

석우는 심한 갈증을 느꼈다. 아까 바닥에서 주웠던 물을 남기지 않고 다 마셔버린 것이 후회되었다. 이 상황에 한가로이 승무원을 부를 수도 없었다. 통로마다 빼곡히 들어선 사람들 사이를 헤치고 나갈 자신이 없었다. 사람들은 모두 긴장해 있었다. 앉거나 웅크린 자세로 굳어버린 듯 꼼작도 하지 않고 있었다. 간간히 탄식과 기도 소리가 스며 나올 뿐, 죽음 같은 침묵이 흘렀다. 아까 응급환자를 돌보러 나갔던 회색 카디건 여자는 고개를 떨어뜨린 채 제자리로 돌아갔다. 그녀가 돌보러 간 환자에 대하여 질문을 하는 사람은 아무도 없었다. 또 한 사람의 죽음을 일부러 확인한다는 것은 너무나 무서운 일이었다. 석우는 다시 고개를 숙였다. 갈증 같은 거야 얼마든지 참아낼 수 있다고 생각했다.

"맨해튼 무역센터에 비행기가 부딪혔대요. 중동에서 온 테러범들이 민간인들이 탄 비행기를 빌딩으로 몰고 갔대요."

의자 밑에 몸을 웅크려 전화를 받던 한 중년 여자가 조금 몸을 일으키며 말했다. 주변 사람들의 시선이 일시에 그녀를 향해 쏟아졌다. 바싹 탄 그녀의 입술은 격한 경련을 일으키기 시작했다. 금방이라도 쓰러질 듯한 모습이었다. 곁에 있던 사람들이 달려들어 의자를 뒤로 젖힌 뒤 그녀를 눕혔다. 그녀의 헝클어진 머리칼 뒤에서 항공사 마크가 찍힌 흰색 헤드레스트 커버가 유난히 깨끗한 빛으로 빛났다.

"펜타곤에도 비행기가 부딪쳤어요. 리지가 말해줬어요. 내 아내요."

소란이 좀 가라앉자 얼굴이 갸름하고 콧수염이 무성한 젊은 남자가 대화를 거들었다. 그의 목소리는 자신이 전하는 엄청난 내용의 말에 비해 턱없이 태연했다. 그는 이미 무엇인가를 알고 있었고 또 마음의 준비까지 마친 듯했다.

"맙소사. 그럼 우린 어떻게 되는 거죠? 저 사람들이 이 비행기를 몰고 가서 어디에다 부딪힌다는 건가요? 우리가 이렇게 번연히 앉아 있는데?"

한 여자가 말했다. 그녀의 물음에 대답을 하고 나선 이는 없었다. 이 소식은 빠르게 비행기 안에 있는 사람들에게 번져나갔다.

"종말이에요. 말세가 다가온 거예요!"

한 여자가 비명에 가까운 울음을 토해내었다. 연분홍색 블라우스에 짧은 파마머리를 한 60대 여자였다. 그녀는 아주 연약하고 심약한 이미지를 풍겼다. 그녀는 걷잡을 수 없이 터져 나오는 소리를 낮추느라 애써 노력을 하고 있었는데 그 때문에 그녀의 깡마른 몸은 걷잡을 수 없이 흔들거렸다.

"성경에 천년왕국이 오기 전에 철저한 파괴가 일어난다고 했어요. 지금이 바로 그때예요. 오, 죄 없는 민간인들이 가득 탄 비행기를 빌딩에다 부딪치다니, 상상이나 할 수 있어요? 예수님, 오, 주님!"

곁에 앉아 있던 초로의 사내가 그녀의 어깨를 감쌌다. 흰 와이셔츠에 흰 점이 박힌 감청색 넥타이를 매고 있었는데 평소 같으면 퍽이나 조용하고 고상했을 인상이었다.

"아니야. 뭔가 잘못 알려진 거예요. 걱정할 것 없어요. 저자들이 아랍에서 온 테러리스트들이라 해도 우리를 해치진 않을 거야. 우린 군인도 정치가도 아니잖아요? 아무런 소득이 없는 일을 무엇 때문에 하겠어?"

그들 곁에 몸을 웅크리고 있던 한 젊은 여성이 그들의 대화에 끼어들었다. 가슴이 불룩 드러나는 청색 티셔츠에 몸에 꽉 끼는 청바지를 입은 젊은 여성이었다. 그녀가 붉은 머리 노파에게 고개를 돌리자 하나로 묶은 갈색 긴 머리가 출렁였다. 순간 향수 냄새가 은근한 파장을 일으키며 날아왔다. 그 향수가 어떤 종류의 것인지 석우는 알 수 없었다. 그가 알고 있던 여자들은 향수를 쓰지 않았다. 청바지 여인에게서 풍겨온 은은한 향내는 단단히 굳어진 석우의 몸을 포근히 감싸주는 듯했다. 그것은 짧기는 했지만 신비였고 평화의 추억이었다.

"이건 부시가 먼저 시작한 전쟁이에요. 다짜고자 이슬람을 악이라고 몰아붙이니 반발이 일어난 거죠. 이건 정치적인 사건이에요. 정치적 사건에 무고한 사람들 죽이는 일은 없을 거예요. 세계 여론이 나빠질 테니까."

젊은 여성의 그 말을 들은 파마머리 노파가 언성을 높였다.

"부시는 잘못 없어요. 요한 계시록에도 악마들을 처단하기 위해서 무기를 들라고 했어요. 그렇지 않으면 미국은 머지않아 이슬람에 잡아먹힐 거예요."

노파는 코와 볼 사이에 깊은 골이 잡히고 광대뼈가 약간 솟아올라 강한 인상을 주었다. 그녀는 신념에 찬 듯 똑똑 부러지는 목소리로 말했다.

"지금이 말세라는 사실을 알아야 해요. 영화 투머로우를 보세요. 그게 우리의 현실이예요. 딕 체니도 북반구 전체가 급격히 냉각되는 일이 일어날 수 있다고 했어요. 몰디브 가보셨어요? 재작년 남편과 그곳엘 다녀왔어요. 그 아름다운 곳이 지금 바다 속으로 가라앉고 있다네요. 그리고 난 지난번 허리케인에서 미시시피에 사는 내 여동생을 잃었어요. 여동생 가족 전부 다요. 우린 지금 심판을 받고 있어요. 내 언젠가 이날이 올 줄 알았어요. 이 비행기가 하느님이 보내신 심판대라고요. 남자가 남자와 동침하여 여자에게 하듯 망측한 일을 하면 사형에 처해야 한다고 하느님이 말했어요. 그런데 보세요, 미국은 게이 천지 아닌가요? 낙태는 또 어떻고요. 내 손녀딸은 지난주 두 번째 낙태를 했어요. 그 아이 나이 겨우 열여섯에 말예요. 이것이 말세가 아니면 무엇이겠어요."

그때까지 고개를 깊이 수그리고 있던 검정 양복의 사내가 고개를 들어 파마머리 여자를 바라보았다. 그리고 이내 자지러지게 울음을 쏟아내며 말했다.

"아무튼 우린 죽을 거예요. 아무도 우리를 구할 수 없어요. 고립무원의 상태라고요."

무엇에 부딪혔는지 얼굴을 가린 그의 손가락에서 손톱 하나가 부러진 채 피에 엉켜 있었다.

"우리가 이 최첨단 기기를 타고 있으면서, 이게 무슨 꼴이죠? 세상은 아름답고 즐길 것, 먹을 것, 입을 것이 넘쳐나는데, 우리는 여기에 갇혀서 죽음을 기다려야 한다니요. 이 첨단 문명의 시대에 우습지 않아요? 문명이라는 게 도대체 뭐냔 말예요."

청바지를 입은 젊은 여자는 냉소적이고 현학적인 말들로 지금의 상황을 묘사하고 있었다. 사람들은 다른 사람들의 말 한마디 한마디에 귀를 기울였다. 그러나 그들의 표정은 곧 공허한 것으로 돌변해버렸다. 천 마디 말이 무슨 소용이 있으랴, 그런 얼굴들이었다. 말이라는 게 아무런 변화도 가져올 수 없음을 그들은 알고 있었다. 그들에게 필요한 것은 힘이었다. 기적이었다.

비행기는 하강하기 시작한 청룡열차처럼 미친 듯한 속도로 내려앉고 있었다. 어쩌면 그들의 목적지가 가까이 있는 것인지도 몰랐다. 도대체 그들의 목표는 무엇일까? 여기는 어디쯤일까? 사람들은 이를 악문 채 좌석을 꽉 붙들었다. 붉은 띠와 폭탄을 든 사내가 눈알을 번득이며 비행기 천장을 향해 무어라고 중얼거리고 있었다. 비스밀라 라흐마니라임 알라후 아크바르…. 또 그놈의 알라!였다. 누군가가 참을 수 없다는 듯이 소리쳤다.

"자살비행이 분명해. 우린 모두 죽어요. 무슨 대책을 마련해야 해요."

9.

놈들은 비행기를 함부로 몰고 있었다. 비행기는 어린아이의 손에 들려진 장난감 같았다. 지구 밖으로 튕겨질 듯 솟구쳤다가는 돌멩이처럼 굴러 떨어졌다. 뿐만 아니라 좌우로 수시로 기울어지며 요동을 쳤다. 저들이 비행기를 조종할 능력이나 가지고 있는지 의심스러울 지경이었다. 지금의 상황에서 비행기는 이것에 타고 있는 사람들의 운명이었다. 놈들은 수십 명의 무고한 목숨을 제 것인 양 가지고 놀았다. 너무나 어처구니없는 일이었지만 항의조차 할 수 없었다. 그래서 더욱 기가 막혔다. 석우는 바지 주머니를 뒤져 휴대전화를 꺼냈다. 폴더를 열고 번호판을 물끄러미 바라보았다. 애당초 중동에서 온 테러범들과 이 비행기에서 만나리라고는 상상도 할 수 없었다. 인생이란 이렇듯 행로의 길목에서 만난 누군가에 의해 자신의 의지와는 상관없이 휘둘리고 꺾이고 하는 것이 아닌가 하는 생각이 들었다.

석우는 한 차례 결혼에 실패하였다. 결혼식을 올린 지 석 달 만에 아내가 온다간다 소리 없이 사라져버렸다. 그 뒤 몇 차례 여자를 만났고 헤어졌다. 그냥 헤어진 것이 아니라 버림받았고 내팽개쳐졌다. 여자들은 완벽한 남자를 원했다. 그러나 그는 그녀들이 원하는 것을 하나도 갖추지 못했다. 수많은 사랑이 도처에서 꽃을 피웠지만, 사랑을 간절히 원하는 그에겐 단 한 번의 기회도 오지 않았다. 그러다 그는 한 여자를 만났다. 가장은 조선시대 군왕쯤 되는 존재고 아내는 마땅히 신사임당이어야 한다고 믿는 남편과 극심한 불화를 겪는 여자였다. 한 마리 학이 되어 텅 빈 하늘을 훨훨 날아보고 싶다면서 소주잔을 폼 나게 기울이던 여자였다. 그리고 한때 자살을 심각하게 고민했던 그녀와 석우는 사람과 사람의 만남이 축복일 수 있다는 새로운 사실을 깨달았다.

그녀를 만난 지 일 년여 지난 어느 날이었다. 며칠 동안이나 소식이 끊겼던 그녀가 갑자기 석우를 불러내었다. 그녀는 그토록 곱던 눈꼬리를 사납게 찢어대며 말했다.

"너, 어디 가서 다시는 여자 만날 생각하지 마."

그것은 말이 아니라 불이었다. 그녀의 입에서 예기치 않게 튀어나온 '너'라는 호칭에 석우는 주목했다. 한 번도 그녀는 자신을 그렇게 부른 적이 없었다. 흔히 그렇듯 이름을 부르거나, 그쪽, 자기, 그런 식이었다. 이따금 여보, 당신이라고 불러주기도 했다. 무엇이라 부르건 그녀의 말에는 부드러움과 온기가 담뿍 담겨 있었다.

그 달콤한 어조가 어떤 연유로 인하여 오늘 차갑고 삭막한 것으로 바뀌게 되었는지, 석우는 알 수 없었다. 하긴 전혀 불가능한 일도 아니었다. 유부녀와의 만남에서 영원이라는 것을 기대할 수는 없었다. 그들이 벌이고 가슴에 지니는 무엇이든 위태로웠고 한계가 있었다. 열정은 언제든 식을 수 있고, 사랑이라 믿었던 감정은 언제든 증오로 바뀔 수 있었다. 만나는 순간부터 헤어짐이 예비된 관계에서 그녀의 변화는 돌연할지언정 당연한 것이었다.

그녀의 입꼬리가 비틀어지며 내내 조소가 일었다. 그녀는 석우를 노골적으로 비난하고 있었다. 저주하고 있었다. 머리를 커다란 엉덩이까지 치렁치렁 늘어뜨린 다방 아가씨가 힐끗 쳐다보았다. 석우는 눈을 크게 떴다. 다방 안은 대체로 어두웠다. 경쾌한 음악이 흐르는 화사한 찻집을 마다하고 그녀는 왜 이렇게 곰팡이 냄새 나는 곳으로 불러냈을까,

"네 등짝에 칼을 박아 넣고 싶어."

그녀의 입이 바르르 떨렸다. 마음이 변하면 그 사람에게서 나

는 냄새도 변하는 것일까? 그녀의 몸에서 설핏 크레졸 냄새 같은 것이 날아왔다. 이상했지만 석우는 더 이상 신경 쓰지 않았다.

"넌 날 이용했어. 네 더러운 욕정을 채우기 위해 날 더럽혔어. 내 자식을, 내 가정을 위험에 빠뜨린 거야."

그녀의 날카로운 시선은 그의 가슴에 무참한 상처를 남기며 사정없이 꽂히고 있었다.

"넌 그지 새끼야."

그녀는 지난 일 년여의 뜨거웠던 기억 속에서 자신의 그림자를 쏙 빼놓고 있었다. 사랑이라는 것에서 당사자 하나를 빼면 무엇이 될까? 석우의 사고력은 거기에서 무기력하게 엉키고 말았다.

"내 남편은 너무나 착해. 그 사람 생각하면 날 이토록 더러운 년으로 만든 널 죽이고 싶어. 내게 악마가 씌었던 거야. 죽일 거야."

석우는 그녀를 사랑했다. 정신을 송두리째 빼앗겨버릴 정도로 사랑했다. 그녀가 상처를 안고 있다고 느꼈기에 더욱 그랬다. 또한 그녀는 그의 부름을 단 한 번 거절한 적이 없었다. 그에게 전화를 걸어 어디 먼 곳으로 데려다달라고 하소연을 하기도 했다. 달콤한 섹스는 그때마다 그녀로 하여금 세상을 새롭게 해석하게 하곤 했다.

하지만 그녀는 천성이 착했다. 도덕적이고 상식적이었다. 남편 몰래 다른 남자를 만나기에 그녀는 너무 순박했다. 그래서 질펀한 사랑 뒤엔 언제나 후회가 따라다니기도 했다.

"나 이제부터 교회에 다닐 거야. 하느님한테 미치고 싶어. 아예 광신자가 될 거야. 내 몸에 남은 네 흔적을 지우려면 그 수밖에 없어. 금쪽같은 내 자식한테 더 이상 더러운 엄마가 될 수 없어."

이것은 선언이었다. 그녀는 지나간 모든 일은 사랑이 아니었다고 단언하고 있었다. 그녀의 말은 석우에게 불륜이라는 단어를 떠올리게 하였다. 이 세상 어느 나라에선 그것을 저지른 자를 돌로 쳐 죽이거나 불로 태워 없앤다고 했다. 사람들은 그것을 명예살인이라고 불렀다. 자신은 지금 그 살인의 대상이 되어 있었다. 씁쓸했다. 슬펐다.

"에미 애비 없는 자식이라는 말이 어디서 나온 말인지 알아? 엄마 젖이 필요하면 죽은 네 엄마한테 가지 왜 나한테 귀찮게 굴어? 넌 거머리 새끼야. 내 피를 다 빨아 삼켰어."

나중에 석우는 그녀에 관한 새로운 사실을 알게 되었다. 초등학교 육 학년 생 그녀의 아이가 교통사고를 당했던 것이다. 자전거를 타고 놀다가 빗물에 미끄러져 막 출발하려는 버스 밑에 깔렸다고 했다. 두개골이 깨졌으나 다행히 뇌는 다치지 않았다고 했다. 그나마 행운이었다. 그날 그녀를 만났을 때 병원 소독약 냄새가 솔솔 풍겨 나왔던 까닭을 석우는 비로소 알 수 있었다. 그녀의 아이가 버스 아래로 미끄러져 들어간 그 시각에 석우와 그녀는 비에 촉촉이 젖은 골짜기의 한 모텔에 있었다. 그 날따라 유난스레 컸던 그녀의 교성을 석우는 기억하고 있었다.

버스에 부딪혀 우그러지고 토막 난 자전거는 그녀가 사준 것이었다. 물론 석우와의 밀회 시간을 벌기 위한 방책이기도 했다. 그러니 사고의 원인을 따지고 들면 그 끝자락은 결국 석우에게 와 닿게 되어 있었다. 그것 때문에 석우의 등에 칼이라도 꽂고 싶었을 것이었다. 어쨌든 석우는 그녀가 꽂고 싶어 했던 칼을 스스로 가슴에 꽂은 채 떠나야 했다,

기억 나는 이별 장면이 또 하나 있었다.

아이에게 교통사고가 일어난 것은 최 부장과의 불유쾌한 면담이 있던 즈음이었다. 퇴직금과 위로금으로 받은 두 달 치 봉급을 들고 석우는 미국행 비행기 표를 샀다. 공항에서 그는 뜻밖의 얼굴을 봤다. 출국장에 들어서면서 그래도 무슨 미련이라도 남았던 듯 뒤를 돌아다보았다. 순간 하필이면 그 얼굴을 발견하고 말았던 것이었다. 아버지였다. 미국에서 유학을 하다 돌아온 사촌형에게 미국의 비자 문제와 그곳에서의 생활에 관하여 몇 가지 물어본 적이 있었는데, 그 말이 아버지에게 전해진 모양이었다. 화려한 공항을 배경으로 바라본 아버지의 모습은 뜻밖에 초라했다. 쇳조각처럼 완강하던 눈빛과 가슴을 좌악 찢어내는 고함 같은 것은 흔적도 찾아볼 수 없었다. 그는 그저 쇠잔하고 나약한 노인일 뿐이었다. 아버지의 눈은 눅눅한 습기로

가득 찬 동굴이었다. 시퍼런 강줄기 같기도 했고 깊이를 알 수 없는 우물 같기도 했다. 그 눈에 담긴 것은 무엇이었을까?

다행히 아버지는 아직 자신을 알아보지 못한 상태였다. 그 모습을 바라보길 겨우 십여 초. 석우는 발길을 돌리고 말았다. 출발시간이 임박했으니 빨리 안으로 들어가라는 공항 직원의 재촉이 아니었다 하더라도 그는 아버지에게 돌아가지 않았을 것이었다. 떠나는 자신을 찾아온 아버지의 속내가 어떤 것이건 그는 아버지를 만날 준비가 되어 있지 않았다. 그와 아버지 사이에 놓여 있는 정체를 알 수 없는 구렁텅이에 다시금 빨려들고 싶지 않았다.

석우가 경험한 이별은 그런 것이었다. 그에게 이별은 증오였고 복수였다. 무참한 단절은 있었을지언정 사랑 같은 것은 없었다.

10.

"땅이 너무 가까워. 그리고 속도가 너무 빨라."

금발의 젊은 여자가 손바닥으로 입을 막으며 말했다. 아까 잭이라는 남자에게 간절한 전화를 했던 셰릴이라는 여자였다. 웅크려 있는 그녀의 손에는 다시금 휴대전화기가 들려 있었다.

"여보세요. 911센터죠? 나는 지금 공중 납치된 비행기에 타고 있어요. 살려주세요. 이럴 땐 어떻게 해야 하는 거죠? 어찌해야 할 바를 모르겠어요."

석우는 그녀를 바라보았다. 그녀를 응원하고 있었다. 그녀의 전화로 인하여 무슨 일이 일어나길 간절히 빌었다. 하지만 삶의 유일한 공간인 비행기는 공중에 떠 있었다. 911이 아니라 전투기, 설사 미사일이라도 우리를 구할 수는 없었다. 이 비행기에 탄 수십 명의 목숨을 구할 수 있는 사람은 단 하나 조종사였다. 하지만 그는 이미 시체가 되어 있었다. 조종간은 성급하고 난폭한, 거기에다 이토록 커다란 비행기를 조종하기엔 너무나 서툰 테러리스트의 손아귀에 있었다. 그의 손놀림 하나하나에 사람들의 목숨은 오고 갔다. 적어도 이 순간엔 그가 바로 우리의 신이었다. 운명이었다.

"사랑한다. 프리드."

좌석의 오른쪽 끝에 앉은 한 여인이 휴대전화를 들고 누군가와 통화를 하고 있었다. 새하얀 빛의 부드러운 턱과 목덜미가 가늘게 떨리고 있었다. 몸은 조금 뚱뚱해 보였는데, 평생 궂은 일 한번 해보지 않은 듯 고상하고 우아한 인상이었다.

"전화 좀 받아. 사랑해, 프리드. 이 말은 꼭 해야겠어. 전화 받아, 제발."

물기 어린 그녀의 목소리는 점차 커지더니 나중에는 절규처럼 변해버렸다. 그리고 거친 울음을 토해내었는데, 큰 소리를 내지 않으려 애써 억누른 까닭에 쉰 목소리처럼 들렸다. 그녀는 옆에 앉은 사람에게 전화를 건네며 말했다.

"가족에게 전화하세요."

그렇게 말을 하고 나서 그녀는 얼굴을 감쌌다.

"엄마, 나야. 비행기가 납치됐어…… 아냐, 긴 말은 할 수 없어. 사랑해. 지금 내가 해줄 수 있는 말은 그것뿐이야. 사랑해, 그리고 미안해, 엄마."

청바지에 풀빛 면 티셔츠를 입고 있는 그 여인이었다. 주변에 신비스런 향기를 담뿍 풍기던 여인. 그녀의 파르스름한 눈망울엔 굵은 이슬이 촉촉이 젖어 있었다. 현대 문명을 거칠게 비판하던 그의 목소리도 어쩔 수 없이 가늘게 떨렸다.

"여보세요. 만약 내가 살아 돌아가지 못하면 내 가족에게 꼭 전해주시오. …… 사랑한다고…… 그냥 사랑한다고만 말해줘요."

그렇게 말하는 중년남자의 이마엔 굵은 주름이 깊게 패여 있었다. 가족과 통화에 실패한 그는 이웃집에 사는 듯한 어떤 사람에게 몇 번이나 다짐을 했다.

다시금 침묵이 이어졌다. 침묵은 너무나 무거웠다. 심장의 둔탁한 떨림 소리가 그 침묵 위로 비어져 나올까 봐 사람들은 더욱 초조해했다. 누구든 이 불안한 침묵을 깨뜨려주길 기대하며 사람들은 서로의 얼굴을 바라보았다.

침묵을 깬 이는 1991년 사막의 폭풍 작전에 참가했었다는 사내였다.

"폭탄은 가짜요."

그 사내가 야구모자를 이마 위로 올리고 눈살을 찌푸리며 말했다.

"어떻게 그렇게 단정 지을 수가 있죠?"

곁에 있던 남자가 물었다. 길게 우는 소리를 내어 주위 사람들의 심기를 불편하게 하던 검정색 양복의 사내였다. 야구모자는 어깨를 한차례 으쓱해 보이고는 말을 이었다.

"나도 몰라요. 그냥 그런 느낌이 들어요. 하지만 진짜든 가짜든 결과는 마찬가지예요. 우리는 죽어요."

그의 주위로 사내들이 몸을 웅크리고 모여들었다. 몇몇 여자들도 머리를 들이밀고 남자들의 대화에 귀를 기울였다. 정말이지 무엇이든 하지 않고는 견딜 수 없는 순간이었다. 석우도 몸을 숙여 그들의 대화에 촉각을 곤두세웠다.

"맞아요. 그럴지도 몰라요. 비행기 한 대가 펜타곤에 또 부딪쳤대요. 저놈들은 미사일 대신 민간여객기를 이용해서 미국을 공격하고 있는 거예요. 이건 전쟁이에요."

"맙소사…."

몇몇 사람들이 혀를 차며 가슴을 두들겼다.

"맞아요. 저놈들은 이 비행기를 끌고 가 어디 중요한 곳에 부딪칠 거예요. 군사시설이거나 원자력발전소, 공항. 어쩌면 의사당이나 백악관 같은 곳일 수도 있겠죠."

"설마! 아무리 그렇다고 죄 없는 사람들을 그럴 수 있다는 건가요? 개나 돼지도 이런 식으로 죽이진 않아요. 난 출장을 마치고 아내와 아이들에게로 돌아가려는 보험판매원이라고요. 그런데 내가 왜 죽어야 해요? 민간인들이 탄 비행기를 가지고 무슨 건물에 돌진하는 게 가능키나 한 건가요? 상상이나 할 수 있어요? 저 사람들이 우릴 어느 공항에 내려놓고 다시 갈 수도 있잖아요."

"우리를 일부러 지상에 내려놓고 다시금 공격목표를 향해 간다고요? 우리는 미국인이에요. 저들의 적이란 말입니다. 아까 미국인들은 지상에서 모두 없어져야 한다고 떠들어대던 소리 못 들었어요? 녀석들은 우리들 목숨은커녕 제 목숨도 아깝지 않다고 생각하는 놈들이에요. 성전을 벌이다 죽으면 순교자가 되어 낙원으로 들어간다고 믿는 작자들이란 말입니다. 지하드요."

"맞아요. 이건 종교전쟁이에요. 하느님과 알라가 싸우는 거라고요. 11세기 십자군전쟁이 아직도 계속되고 있는 거라고요. 우린 살아날 수 없어요."

"그럼 어떡하죠? 우린 어떡해야 된다는 거죠? 우리도 아까 내가 돌보던 그 사람처럼 목에 동맥이 잘린 채……."

간호사였다. 그녀는 그렇게 말을 하면서 몸을 부르르 떨었다. 그녀의 푸른 색 눈망울은 날카로운 빛을 쏟아내었다. 분노의 빛이었다.

"……피투성이가 되어서 죽기만을 가만히 기다려야 하나요?"

간호사의 말끝에 격한 울음이 묻어 나왔다. 사람들은 침묵했다. 비행기 천장 환기구에서 나오는 쉬이— 하는 에어컨디셔너 바람 소리만 가득했다. 이 지독한 두려움의 순간에 그들이 할 수 있는 일은 아무것도 없었다.

"잠깐만요!"

침묵을 깬 사람은 아까 애인에게 멕시코로 놀러가자던 여드름투성이 청년이었다.

"어쨌거나 사태가 긴박해요. 힘을 합쳐서 싸워야 해요. 어쩌면 살 수도 있어요."

그는 말을 끊고 이리저리 사람을 돌아다보았다. 그때마다 그의 검정색 안경테 안에서 알이 번쩍번쩍 빛을 내었다.

"싸우다 죽거나 가만히 앉아서 죽거나 매양 마찬가지… 난 어차피 이라크에서 죽었을 운명이었을지도 몰라요. 내가 앞장 설게요."

사막의 폭풍이 청색 야구모자를 벗어 손가락으로 움켜쥐며 말했다. 그리고 으스러질 듯 이를 악물었다.

"좋아요. 난 유도 유단자예요. 누군가를 해치기 위하여 써먹어 보지는 못했지만, 할 수 있어요."

그렇게 말을 한 남자는 흰 와이셔츠에 흰점이 박힌 감청색 넥타이를 맨 중년신사였다. 그는 엄지손가락을 추어올리며 옆자리에 앉아 있는 자신의 아내를 향해 빙긋이 웃어보였다.

"비행기는 저 사람이 조종할 수 있어요. 저기 갈색 셔츠를 입고 오른쪽 세 번째 줄에 앉아 있는 남자요."

군대에서 격투기를 배웠다는 사내가 뒤쪽에 앉아 있는 한 사내를 향해 손짓을 해보였다. 역시 불안한 기색을 감추지 못하고 주변 상황을 살피고 있던 한 사내는 이내 몸을 낮추고 기어 왔다. 짧은 갈색 머리에 얼굴이 마른 편이었다. 여윈 콧날이 오뚝하고 광대뼈의 윤곽이 설핏 드러나 있었다. 얼핏 보아 섬세하고 연약한 인상이었는데, 그 섬세함은 오랜 기간 정교한 비행기의 기기를 다루는 데서 온 것같이 보였다.

"매키, 당신 이 비행기 조종할 수 있지?"

"좋아요. 시도는 해볼게요. 내가 조종한 것은 단발 농약살포기였지만, 할 수 있어요. 소형차나 버스나 트럭이나 조작 원리는 같으니까요. 그런데 계획 있어요?"

"우리는 저놈들 공격할 생각을 하고 있어요. 저 폭탄은 가짜가 틀림없어요. 우리가 저들을 공격하면, 맥은 조종실로 재빨리 들어가세요. 어떻게 해서든 우리가 녀석들을 조종실에서 몰아낼 테니까."

"좋아요. 내가 조종실로 들어가면 저 사람들과 격리시켜주세요."

그때 앞쪽에서 고성이 날아왔다.

"말하지 마! 거기 앉아! 다 죽고 싶어?"

날카롭고 위압적이긴 했지만, 그 소리 안에는 목이 쉰 소의 울음소리 같은 기운이 잠겨 있었다. 그도 떨고 있다는 증거였다. 붉은 띠 사내가 손에 든 칼을 휘저으며 달려왔다. 하지만 승객들이 몰려 있는 곳까지는 오지 않았다. 대여섯 발자국 성난 승냥이처럼 달려오다가는 그 자리에 우뚝 서버리고 말았다. 그리고 일제히 두 팔을 들어 보이는 승객들을 향해 눈을 부라리고는 주춤주춤 뒤로 돌아갔다. 그러는 사이 허리에 폭탄을 감은 사내는 격발키를 더욱 높이 치켜 올렸다.

여기에서 탑승객들의 은밀한 대화는 멈추어졌다. 야구모자를 쓴 사내가 잠시 석우를 바라봤다. 순간 그의 눈빛이 반짝 빛을 내는 듯했다. 그러나 그뿐 그는 말을 건네진 않았다. 몸집이 작은 동양인 사내에게 별달리 기대할 것이 없다고 생각을 했는지, 자기네들 힘만으로도 충분하다고 생각을 했는지 모를 일이었다. 아니면 무슨 짓을 하건 자신들의 목숨을 구하지 못하리라는 사실을 깨닫고 있는 듯도 보였다. 하지만 거친 숨소리와 번들거리는 눈빛이 사람들 사이에서 어지러이 교차하고 있었다. 희망이 보였다. 아직 우리는 살아 있었다. 그것은 정녕 축복이고 새로운 가능성이다. 어쩌면 죽음 같은 것은 별일이 아닐 수도 있다고 그 새로이 변한 눈빛들은 말하고 있는 것 같기도 했다.

11.

"…당신의 종들은 그 폐허의 돌들마저 아끼고 먼지조차 눈물을 자아냅니다. 이방인들이 야훼의 이름을 두려워하고 세상의 모든 왕들이 그 위엄을 두려워하리이다…."

살인이 자행되고 그보다 더 잔인한 살인이 음모되고 있는 긴장되고 흉흉한 분위기 속에 한 여인의 긴 기도 소리가 호수에 번진 잔잔한 파문처럼 건너왔다. 항공기 객실을 가득 메운 후회와 두려움과 탄식의 기운과는 달리 원망이나 저주 같은 것은 없는 소리였다. 흰 머리칼을 가진 노파였다. 미국사람들의 나이는 도대체 가늠할 수 없다는 생각을 다시금 확인하며 석우는 그녀를 꼼꼼히 바라보았다. 얼굴 가득 주름이 진 왜소한 여인이었다. 그녀의 기도에 이상한 끌림이 있었다. 석우는 신을 믿지 않았다. 하느님도 부처님도 그의 편이 아니라는 사실을 익히 알고 있었기 때문이었다. 하지만 노랫가락처럼 들려오는 기도 소리를 귀에 담노라니 마음이 편해지는 것 같았다.

"제발 그만하세요. 그만 좀 하라고요."

노파의 옆자리에 앉아 있던 사내가 그녀를 매섭게 바라보며 말했다.

"미스 베벌리. 저 사람들 안 보셨어요? 저놈들 하는 게 신의 이름으로 하는 짓이란 말입니다. 신의 도움을 받아서 이 비행기를 땅에 처박아 우리를 죽이려 하고 있어요. 우리를 죽여 없애고 나면 저놈들에게 축복을 내려준다 이 말입니다. 그놈의 종교라는 게 다 그런 식이지요. 악을 극복하고 평화의 시대를 맞이하기 위해서 핵전쟁이 불가피하다고 주장하는 목사들도 있어요. 이거 코미디 아닌가요? 난 신이 없다면 테러도 전쟁도 없을 거라고 믿어요. 난 어려서 세례를 받았어요. 물론 지금은 무신론자이지요. 그러니 제발 하느님 좀 그만 찾으라 이 말입니다."

그렇게 말하는 사내의 어깨가 파들파들 떨리고 있었다. 끓어오르는 감정을 주체하지 못하는 듯 그는 고개를 돌려 무성한 턱수염을 쓸어내며 천장을 바라보았다. 검은 눈에 검정 머리칼을 가진 그는 분노하고 있었다. 내가 왜 여기서 이렇게 죽어야 하나? 평생 죄지은 바 없고 세상의 종교와 어떤 관계도 없는 내가 왜 알라의 이름으로 죽어야 하나. 그런 생각으로 그의 뇌리는 가득 차 있을 것이 분명했다. 노파는 한동안 그를 응시했다. 그리고 조용히 손을 내밀어 사내의 털북숭이 손을 잡았다. 노파의 손은 어린아이의 그것처럼 마르고 작았다.

"저 사람을 보아요."

노파가 눈짓으로 머리에 붉은 띠를 두른 젊은 사내를 가리키며 말했다.

"가슴속에 붉은 띠를 두르고 있는 것은 인간이지 신이 아니에요. 이건 신을 빙자한 인간들의 행위지요. 신을 그렇게 비난할 순 없어요."

노파는 그윽한 눈길로 그를 바라보며 다시 물었다.

"이름이 폴이라고 했지요? 미스터 폴 헬름. 누구 사랑하는 사람 있어요?"

검은 눈의 사내는 잠시 멈칫했다. 그리고 무엇을 생각하는 듯 조용히 눈알을 굴리는 것 같았다. 사내의 입에서 얼른 대답이 나오지 않았다.

"생각해보세요. 아내, 애인, 자식, 어머니··· 그들을 떠올리고 사랑한다고 말해보세요. 그리고 나는 당장 어떻게 된다 해도 그 사람들만은 행복해지길 빌어보세요. 마음이 한결 편안해질 거예요. 왜냐하면 당신이 그들에게 사랑을 고백하는 순간 당신의 가슴에 하느님이 들어와 계시기 때문이지요. 하느님 사랑이나 인간의 사랑이나 결국 같은 거예요."

순간 사내는 공중에 팔을 휘저으며 격렬한 태도로 말을 쏟아냈다.

"아내하고 자식이라고요? 그들은 하나같이 날 배신했어요. 석 달 전, 아내는 줄행랑을 쳤어요. 우리 집에 드나들던 컴퓨터 수리공 놈하고 내 침대에서 뒹굴다가 나에게 들킨 거죠. 아들 녀석은 마약을 끊으라고 다그치는 나를 향해 총알을 날렸어요. 내 어머니는 내가 일곱 살 때 날 버리고 어떤 놈팽이하고 결혼을 했고, 난 아버지가 누군지도 몰라요. 그런데 누굴 어떻게 용서하라는 거죠?"

"참으로 유감스런 일이네요. 하지만 용서하세요. 그래야 해요. 일흔에 일곱 번이라도 용서하라고 말씀하셨잖아요. 내가 용서하라고 말하는 것은 그 사람들을 위해서가 아니에요. 폴 헬름 당신을 위해서죠. 용서하지 않으면 당신이 더 괴로우니까요. 그들을 증오하면서 당신은 단 한 순간이라도 행복하셨나요?"

사내는 아무런 대꾸도 하지 않고 눈을 끔벅거렸다. 그의 눈에 엉켜 있던 강파른 기운은 한결 가라앉아 있었다. 노파는 다시 노래하듯 기도문을 외기 시작했다. 노파의 기도문은 곧 긴장된 기내로 번져가기 시작했다. 그것은 소리 없이 들판에 번져가는 잉걸불처럼 느껴졌다. 기도 가운데 잔잔한 흐느낌이 섞여들었다. 누군가에게 사랑을 고백하는 소리는 꼬리를 물고 이어졌다.

석우는 그 광경을 바라만 보고 있었다. 도대체 이해할 수가 없었다. 언제 죽을지도 모르는 절체절명의 상황에, 왜 '날 사랑해줘, 날 위해 기도해줘.' 라고 말하지 않는 것일까? 어처구니없는 일이었다. 배가 고프면 당연히 음식을 달라고 아우성을 쳐야 하는 게 정답이었다. 자신의 굶주린 배를 움켜쥐고, 이미 배가 부른 사람에게 마지막 남은 자신의 빵 한 조각을 건네는 일이 어리석은 일이 아니고 무엇이란 말인가.

"……산꼭대기까지 덮은 물결은 꾸짖으시는 당신의 일갈에 움찔 물러나고, 천둥소리 당신 목소리에 줄행랑을 칩니다. 물들은 산을 넘고 골짜기로 내려가 당신께서 정하신 그 자리로 흘렀습니다. 계곡마다 샘물을 터뜨리시어 산과 산 사이로 흐르게 하시니 들짐승들이 모두 마시고 목마른 나귀들도 목을 축입니다…."

노파의 기도가 길게 이어졌다.

석우는 작은 플라스틱 약병을 열어 신경안정제 한 알을 침과 함께 삼켰다. 비행기에 오른 지 벌써 두 번째였다. 그에겐 비행

공포증이 있었다. 그게 같은 병인지도 모르겠으나 공황장애도 있었다. 미국에 처음 와서 바닷가 드넓은 대서양을 바라보다가 갑자기 숨이 막히는 어처구니없는 일도 겪었다. 자동차도 엘리베이터도 탈 수 없던 때가 있었다.

기도 소리를 들으며 석우는 눈을 감았다. 약기운이 몸에 퍼지며 마음이 한결 편해졌다. 부스럭거리는 소리, 낮게 흐느끼는 소리, 탄식하는 소리가 끊임없이 들려오긴 했지만 신경을 거스를 정도는 아니었다.

바로 그저께의 일이었다. 피자가게에서 일을 마치고 돌아와 새어머니의 전화를 받았다.

"어젯밤 네 아버지가 돌아가셨다."

그녀의 목소리가 축축했다. 국제전화의 잡음이었을까? 귓속에서 잉잉거리는 소리가 끊임없이 생겨났다. 새어머니의 목소리는 눈 덮인 산을 넘어온 바람이 살갗을 스치는 것처럼 스산했고 섬뜩했다. 석우는 잠시 머뭇거렸다. 무어라 대답을 해야 할까? 석우는 적당한 대답을 찾을 수가 없었다.

전화를 끊고 석우는 냉장고 문을 열어 손에 잡히는 대로 맥주를 꺼냈다. 그리고 입안에 부어대기 시작하였다. 그렇게 마신 술이 열두 캔이었다. 그는 마지막 맥주 캔을 탁자 위에 탁 내려놓으며 생각했다. 죽은 아버지의 모습은 어떤 것일까? 그 모습이 도무지 상상되지 않았다. 아홉 살 때 죽은 어머니의 모습만 선명히 시야에 들어왔다. 붉은 연지를 바른 어머니가 방 아랫목에 곧게 누워 있었다. 어머니는 갓 봉오리를 벌리기 시작한 모란꽃처럼 예뻤다. 어머니의 얼굴은 곱게 화장되어 있었다. 빨간색 입술이 금방이라도 살아 움직일 것만 같았다.

"아버지가 널 그렇게 보고 싶어 했어. 아버지께 전화라도 한 번 하지 그랬니?"

새어머니의 말이 솔숲을 스치는 바람 소리처럼 되살아났다. 의문이 솟아났다. 이게 무슨 소린가. 이건 지금까지 그들 사이를 이어져온 관계의 법칙을 송두리째 깨뜨리는 소리였다. 왜? 아버지가 왜 날 찾아? 그럴 리가 없었다. 그것이 사실일 리 없었고 그래서도 안 되었다. 증오와 원망과 외면. 그것이 그들의 방식이었다. 죽이고 싶다는 생각도 그것을 실행에 옮기지만 않으면 허용되었다. 갈 거면 그냥 가면 되지 왜 이런 풍파를 일으켜놓고 가는가. 문득 4년 전, 한국을 떠날 때 인천공항에서 본 아버지의 마지막 모습이 생각났다. 몹시 당황했던 듯 퀭하던 아버지의 눈빛은 무엇을 의미했을까? 아버지는 자신의 깊은 우물에 무엇을 담고 있었던 것일까?

형은 간암 말기였다. 동갑내기 형수는 호스피스 병동으로 보내라는 의사의 권고도 뿌리치고 반지하 단칸방에서 다리를 심하게 절룩거리며 그를 돌보고 있었다. '아버지께 전화라도 하지 그랬니?' 하는 새어머니의 전화는 이 모든 상황을 돌아보게 했다. 그리고 급기야 그를 비행기로 내몰고 말았다. 갑작스레 서울로 가는 표를 구할 수가 없어 샌프란시스코를 거쳐 비행기를 갈아타기로 했다. 한국행 비행기에 오른다는 것은 그가 다시는 미국에 돌아올 수 없다는 것을 의미했다. 그는 불법체류자, 미국식 용어로 서류미비체류자였다. 그것은 자신의 인생에 있어 새로운 가능성을 포기하는 일이었다. 하지만 그건 나중에 생각해보기로 했다.

지금까지 석우는 갈 데까지 가보자는 심정으로 살아왔다. 자신은 죽어도 좋은 인생이라고 그동안 생각해왔다. 그래서 매사에 용기가 났다. 때로는 무모하다 싶은 일에도 몸을 아끼지 않고 덤벼들었다. 방문 비자로 미국에 온 뒤 그냥 주저앉아 버린 것도 그런 연유에서였다. 아버지로부터의 탈출, 한 가정사의 비탄으로부터의 도피. 미국 경찰에 체포될지 모른다는 염려 같은 것은 죽어도 좋을 인생이라는 그의 신념 앞에 기를 펴지 못했다. 갈 데까지 가보면 종내는 무엇인가 얻어지는 게 있으리라는 막연한 기대가 있었다.

하지만, 그는 생각했다. 갈 데까지 가보자던 지점이 바로 여기가 아닐까? 여기가 정녕 끝인가. 죽음. 그러나 그는 이내 머리에 떠오른 그 글자를 냉큼 지워버리고 말았다. 아직은 살아 있었다. 살아 있는 그로선 죽음이라는 것이 무엇인지 이해할 수가 없었다. 아니 이해할 필요가 없는 일이기도 했다.

담배 생각이 났다. 딱 한 대만 피우면 여한이 없을 것 같았다. 그러나 그는 어금니에 질끈 힘을 주고 참아내기로 했다. 식은땀이 흘렀다. 오한이 들기도 했다. 그는 팔뚝으로 눈을 비볐다. 눈이 쓰렸다. 팔뚝에 서려 있던 소금기가 눈으로 스며들어 간 것이었다. 도대체 나는 무엇이었을까? 눈물이 쭈욱 흘렀다. 올 데까지 다 와버린 느낌이었다. 올 데까지 다 왔는데 그의 곁엔 아무 것도 없었다. 돌이켜 보니 참으로 거친 삶이었다. 생의 마지막이 될지도 모를 이 순간에까지 그는 혼자였다. 외로웠다. 문득 그는 오열을 하고 말았다.

12.

태양은 금가루 같은 햇살을 대지에 가득가득 뿌리고 있었다. 산맥과 들, 숲 그리고 그 사이로 오밀조밀 이어나간 강줄기가 동화책 속 삽화처럼 펼쳐져 있었다. 세상이 저토록 아름답다는 것이 이상했다. 이 좁은 비행기 안을 살이 찢기고 피가 튀는 지옥으로 만들어놓고 세상이 저토록 조용하고 평온할 수가 있다니. 하늘도 참 맑다! 오래 전 돌아간 어머니의 감탄 어린 말이 생각났다. 그때 어머니는 무슨 말을 하고 싶었던 것일까. 알 수 없는 하늘이었다. 석우는 기창에서 시선을 떼어냈다.

"이봐요. 갑시다. 지금입니다."

뉴욕 양키즈 야구모자를 눌러 쓴 사내가 뒤를 돌아보며 낮게 말했다. 낮았지만 단호한 어조였다. 그의 눈은 타고 있었다. 각진 턱에 난 수염자국이 강한 인상을 주었다. 주변의 남자들을 차례차례 일별하고 난 사내는 석우를 바라보았다. 단단한 눈빛이었다. 하지만 석우는 얼른 그 눈길을 외면하고 말았다. '내 인생에 사랑 같은 것은 없다. 남들을 위해 목숨을 걸 만큼 여유롭지 않다'고 석우는 생각했다. 적어도 지금까지 세상은 그에게 적이었다.

"저놈들 폭탄을 터트리면 어쩌죠?"

그의 뒤쪽에서 청바지 여인이 물었다. 그녀에게선 여전히 향내가 났다.

"폭탄은 가짜요. 폭탄이 터지든 말든 우린 어차피 마찬가지예요."

"맞아요. 저놈들은 지금 자살비행을 하고 있어요. 이판사판, 뭐라도 해봅시다. 우리는 살점 하나 남겨지지 않고 분해될 거요. 이대로 죽을 순 없어요."

육십은 넘었을 회색머리 남자가 그들의 대화에 끼어들었다. 인자하고 고상하게만 보이던 그의 눈에서 파란 불꽃이 튀었다.

"자. 갑시다!"

양키즈 모자가 목소리를 높였다. 다음 순간 와아! 하는 소리와 함께 사내들이 자리를 박차고 일어났다. 여자들도 일시에 자리에서 일어나 고함을 질렀다. 핸드백, 여행가방, 스프레이, 플라스틱 물병. 소리가 나는 것들을 두들기며 고함을 질렀다. 조종실 문 앞을 지키고 있던 두 명의 납치범들은 일순 몸을 움츠렸다. 붉은 띠 녀석이 커터 칼을 휘두르며 앞쪽으로 몇 발 튀어나왔다. 폭탄을 허리에 휘감은 사내는 조종실 문을 두들기며 뭐라 소리를 질러대기 시작했다. 비행기가 크게 좌우로 흔들렸다. 이어 하늘 끝까지 솟아오를 듯 기수를 치켜세우고 솟아오르기 시작했다. 앞쪽으로 달려들기 시작한 탑승객들을 뒤로 밀어내기 위한 수작이었다. 조종실을 향해 달려가던 승객들의 몸이 일시에 뒤편으로 나뒹굴었다. 그러나 그들은 다시 기어올랐다. 주여, 주여. 사람들의 입에서 그 말이 구호처럼 터져 나왔다. 앞쪽 갤리 부근에서 소화기가 터지면서 뿌연 분말이 뿜어져 나왔다. 붉은 띠는 칼을 똑바로 세웠다. 치켜 뜬 그의 눈에선 불길이 이글이글 타고 있었다. 피에 굶주린 야수의 모습이었다. 그가 알라를 외치며 칼을 휘두를 적마다 피가 치솟고 비명이 터져 나왔다.

지금까지 석우는 자신은 죽어도 좋은 인생이라고 생각했다. 하지만…… 그는 생각했다. 죽어도 좋은 인생이란 없었다. 뒤늦은 깨달음이었지만 그것은 사실이었다. 살고 싶었다. 살아서 만나고 싶었다. 아버지의 시신을 붙들고 무언가 할 말이 있을 것만 같았다. 그날 공항에서 바라본 아버지의 눈빛. 그것은 아버지에게서 난생 처음 보는 눈빛이었다. 길거리에서 어린아이를 잃어버린 아버지의 당혹감과 두려움 같은 것이 그 속에 가득가득 출렁이고 있었다.

자신은 단 한 차례도 어머니의 죽음을 인정치 않았다. 아쉬움과 서러움을 가슴에 새기고, 어머니의 죽음에 앙갚음이라도 하려는 듯이 세상을 향한 저주만을 키워왔다. 화해나 용서 같은 단어는 단 한 번도 마음에 담아본 적이 없었다. 어머니를 죽음에 이르게 한 그 무엇을 찾아, 타는 분노 속에 날뛰어 온 삶이었다. 자신의 생을 단 한 단어로 압축한다면 그것은 오기였다. 그의 가슴속엔 세상을 향한 증오가 화석이 되어 있었다. 그 세상의 맨 앞에 아버지가 있었다. 그날 밤, 가쁜 숨을 몰아쉬고 있는 어머니를 냉큼 병원으로 데려가지 않아 결국 죽음에 이르게 하고 만 아버지. 그를 용서할 수 없었다. 어머니를 죽인 사람은 바로 아버지였다.

그러나 그날 공항에서 본 아버지의 눈빛은 그것이 사실이 아닐 수도 있음을, 자신의 생각이 틀린 것일 수도 있음을 말해주고 있었다. 석우는 생각했다. 자신은 피처럼 붉은 머리띠를 두른 납치범들과 똑같은 시선으로 아버지를 보았던 것은 아닐까? 끝이 없는 증오, 무조건적인 불신과 적개심. 신의 이름을 팔아서라도 죽이고 또 죽여야 직성이 풀리는 광란. 자신의 가슴에 그런 붉은 띠가 단단하게 동여매어 있었던 것은 아닐까?

석우는 고개를 들어 커다란 줄기가 되어 흐르는 얼굴의 물기를 닦아내었다. 그가 물기를 닦아내려 두 손으로 얼굴을 감쌀 적마다 오래 참았던 소리가 신음처럼 배어 나왔다. 아버지. 아버지. 아버지—. 참으로 오랜만에 불러보는 말이었다.

비행기 앞쪽에선 격렬한 싸움이 아직도 계속되고 있었다. 피가 튀고 절규와 비명이 솟아났다. 비행기는 굉음을 지르며 어디론가 휘청휘청 날아가고 있었다. 석우는 앞으로 달려갔다. 으스러져라 거머쥔 주먹에선 스스로도 경험하지 못했던 힘이 솟아나고 있었다.

기창 밖에는 한껏 무르익은 햇살이 창공에 스며들어 더욱 해맑은 물빛으로 물들어가고 있었다.

작가의 말

출발 직전의 비행기는 잠에서 깨어나 숨을 고르고 있는 고래 같다. 항공기의 바로 밑에서 보면 더욱 그렇다.

"그라운드, 칵핏, 레디 포 푸시 백. 헤딩 사우스."(지상직원, 여기는 조종실. 푸시 백 준비 완료. 기수는 남쪽이다.)

인터폰으로 기장의 출발 지시를 받은 지상조업요원이 토잉 카(항공기 견인트럭) 기사에게 손짓으로 신호를 보낸다. 부릉, 부릉, 부르릉. 토잉 카 기사는 액셀러레이터를 수차례 밟아 힘을 돋운 다음 지그시 밟아 누른다. 거대한 고래는 천천히 뒤로 밀려가기 시작한다. 새애애애— 쾅—. 뒤쪽으로 검은 연기가 터져 나오며 항공기에 시동이 걸린다. 그 소리는 너무 커서 주변의 어지간한 소리를 다 빨아 삼킨다. 상대방의 귀에 바짝 대고 고함을 질러도 의사소통이 어렵다.

탑승교에서 멀찍이 벗어난 항공기가 램프 출발선에 멈추면 지상직원들은 항공기와 연결되어 있던 기다란 쇠막대기를 분리한다. 그와 동시에 항공기의 주익 혹은 꼬리날개에서 커다란 보조날개들이 펄럭펄럭 하다가 제자리로 들어간다. 기장의 마지막 점검인 것이다. 이제 그것들은 중요한 역할을 하게 될 것이다. 적게 잡아도 백 톤이 넘는 항공기를 공중에 떠 있게 하고 방향을 바꾸고 위아래로 오르거나 내리게 한다.

정비사, 유도사 등 지상조업요원들은 항공기 곁에 멀찌감치 도열해 있다. 비행기의 엔진소리가 점차 드높아지고, 조종사의 시선이 도열해 있는 지상직원들을 향한다. 그리고 조종사는 그들을 향해 엄지손가락을 쑤욱 올려 보인다. 지상지원들은 팔을 흔든다. 거의 비슷한 시각에 항공기 객실에 앉은 승객들도 기창으로 팔을 내젓는다. 이내 항공기는 굉음을 지르며 미끄러져 나간다. 출발이다.

일단 이륙을 하게 되면 비행기는 그 순간부터 혼자다. 지상을 박차고 오른 순간부터 그것은 땅이 아니라 하늘의 세계에 파묻히게 된다. 하늘이란 인간의 영역이 아니다. 바람, 비, 번개, 구름. 이 모두 인간이 어찌해볼 도리가 없는 것들이다. 그런 면에서 신의 영역이라고 할 수 있다. 하늘 어디엔가 모습을 감추고 있을 조물주와 조우한 비행기는 그것에 타협하고 순응하며 날아간다. 물론 지상으로부터 여러 가지 정보나 조언은 얻을 수 있지만 비행에 관한 모든 사항을 독자적으로 판단하고 행동해야 한다. 무엇인가 잘못되었다고 해서 물릴 수는 없다. 무조건 앞으로 나아가야 한다. 그런 의미에서 비행은 인생을 닮았다.

세상의 모든 직업에는 나름대로의 어려움과 걱정거리가 있기 마련이다. 항공 업무의 경우는 날씨가 큰 걱정의 대상이 된다. 항공사 직원들은 안개가 끼거나 비가 내리면 비행기가 결항되거나 지연되거나 하지 않을까, 하고 고민을 한다. 남풍이 불면 비행기가 신어산 쪽으로 돌아내려야 하니 조종사들 고생할 텐데, 바람이 많이 불면 비행기가 많이 흔들릴 텐데, 혹시 측풍이라도 불면 제대로 착륙이나 할 수 있을까 하는 잡다한 걱정들이 줄을 잇는다. 태풍 소식이라도 들리면 죽을 맛이다. 어쩌다 눈이라도 오면 항공사 직원들은 비상이 걸린다. 항공기 동체나 날개에 쌓인 눈을 제거하는 데만 1시간은 족히 걸리기 때문이다. 그래서 항공사 직원으로 일을 하며 나는 아침에 일어나면 하늘 먼저 바라보는 습관이 생겼다. 그리고 수시로 인터넷을 뒤져 일기예보를 챙긴다. 이런 현상은 퇴직을 한 지 오랜 세월이 지난 지금도 계속되고 있다.

30년 항공사에서 근무를 하면서 경험한 여러 가지 이야기를 소설로 담아놓고 싶었다. 만남과 이별이 수시로 교차되고 수많은 인종들이 모였다 흩어지는 공항엔 여러 가지 에피소드도 많다. 상당히 오래된 일이기는 하나, 한국에서 산업연수생으로 일을 하고 있는 남편을 찾아왔던 방글라데시 여인의 모습은 아직도 잊히지 않는다. 그녀는 공항 밖까지 마중을 나온 남편을 만나지 못하고 타고 온 비행기로 곧장 돌아가야 했다. 규정상 외국인 산업연수생들은 가족을 초청할 수 없었기 때문이었다. 출입국 관리직원들의 손에 의해 다시 비행기로 떠밀려간 그 여인은 비행기 문턱을 넘기를 거부하며 그 자리에 주저 앉아버렸다. 그리고 출입국 관리직원들의 바짓가랑이를 붙들고 울고불며 통사정을 하였다. 그 광경을 보던 승무원, 탑승객, 그리고 공항직원들 모두 눈시울을 붉혔다. 그녀를 호송한 출입국 관리직원들도 마찬가지였다. 눈물이 그렁그렁 맺힌 그녀의 커다란 눈망울은 십 년의 세월을 지나는 동안에도 조금도 흐려지지 않고 나의 뇌리에 생생하게 살아 있다.

지금까지 항공이란 일부 소수계층만이 관여하는 특수한 분야로만 인식되었다. 하지만 지금은 다르다. 우리나라의 연간 항공기 이용객 수는 대략 7,300만 명에 이른다. 항공기 여행은 이제 우리네 평범한 일상의 하나이다. 한데 우리나라엔 항공소설이라는 개념은 아직 없다. 삶이 있는 곳에 문학이 있다면 당연히 하늘과 항공 운송 분야를 집중적으로 다루는 작가나 작품이 있어야 할 법도 하다. 해양소설이라는 장르가 이미 확고히 뿌리를 내려 바다에 대한 이해와 해양산업 발전에 일정한 기여를 하고 있음을 생각할 때 더욱 그러하다. 그런 의미에서 작년 한국항공진흥협회 주관 제1회 항공문학상이 제정, 시행된 것은 환영할 일이다.

이 소설에 나오는 여러 가지 상황은 그저 허구이고 꾸며낸 이야기다. 물론 세월호 사건 같은 상상을 불허하는 일들이 종종 일어나는 게 현실이긴 하나, 작품 속에 묘사된 여러 가지 위기 상황은 사실과는 다름을 명백히 밝혀둔다. 자칫 항공여행의 이미지에 누가 될까 우려되어서 하는 말이다. 두말할 필요 없이 가장 안전한 교통수단이 항공기라는 사실은 여러 가지 통계로도 증명되고 있다.

이 소설들을 쓰면서 가장 어려웠던 점은 비행기 조종에 관한 사항이었다. 그들은 어떻게 조종실의 그 많은 계기를 기억하고 조작할까? 비행 중 직면하게 되는 악기상 상황과 항공기 고장에 어떻게 대처할까? 수없이 많은 날, 훌쩍 집을 떠나 세계 방방곡곡을 떠다니면서 그들은 무슨 생각을 할까?

항공업무라는 게 워낙 전문분야라 도움이 될 만한 서적이나 자료를 구하기도 어려웠다. 전문가의 입장에서 보면 이 소설들 속에 묘사된 비행 상황이나 그에 대처하는 방법 등이 실제와 많이 차이 날 수도 있을 것이다. 전문적인 지식도 부족하거니와 상황을 소설적으로 구성하다 보니 일어난 현상도 있다. 독자 여러분의 양해를 구한다. 어려운 가운데에서도 『파일럿의 특별한 비행일지』(한고희 저) 『나의 아름다운 비행』(신지수 저) 『스물아홉의 꿈, 서른아홉의 비행』(조은정 저) 등의 책이 많은 도움을 주었다. 9·11 사태를 다룬 영화 〈플라이트 93〉에서 많은 힌트를 얻기도 했다.

부족함이 많은 글이긴 하나, 세상에 내보내는 이 책이 독자들에게 사랑을 받길 기대한다. 또한 손주 나연이와 산이에게 감사와 사랑을 보낸다. 원고로 가득 찬 내 컴퓨터 화면을 수시로 키즈 프로그램으로 바꾸어놓아 날 적지 않게 당황하게 하였지만, 그 아이들로 인하여 글을 쓰는 동안의 절망감과 고통을 이겨낼 수 있었다.

고도경보

김헌일 항공소설집

초판 1쇄 발행 2014년 12월 19일

지은이 김헌일
펴낸이 강수걸
편집장 권경옥
편집 손수경 양아름 문호영
디자인 권문경 박지민
펴낸곳 산지니
등록 2005년 2월 7일 제14-49호
주소 부산광역시 연제구 법원남로15번길 26 위너스빌딩 203호
전화 051-504-7070 | 팩스 051-507-7543
홈페이지 www.sanzinibook.com
전자우편 sanzini@sanzinibook.com
블로그 http://sanzinibook.tistory.com

ISBN 978-89-6545-275-1 03810

* 책값은 뒤표지에 있습니다.
* 이 도서의 국립중앙도서관 출판시도서목록(CIP)은 e-CIP 홈페이지 (http://www.nl.go.kr/ecip)에서 이용하실 수 있습니다.
(CIP 제어번호: CIP 2014034976)
* 본 도서는 2014년 부산문화재단 지역예술창작지원사업의 일부 지원으로 시행됩니다.